김대산 新무협 판타지 소설
FANTASTIC ORIENTAL HEROES

잡조행 雜組行

잡조행 6

김대산 新무협 판타지 소설

초판 1쇄 찍은 날 § 2009년 9월 1일
초판 1쇄 펴낸 날 § 2009년 9월 11일

지은이 § 김대산
펴낸이 § 서경석

편집장 § 문혜영
편집책임 § 정서진
편집 § 서지현 · 문정흠

펴낸곳 § 도서출판 청어람
등록번호 § 제1081-1-89호
등록일자 § 1999. 5. 31
어람번호 § 제2-1810호

주소 § 경기도 부천시 원미구 심곡2동 163-2 서경B/D 3F (우) 420-822
전화 § 032-656-4452 팩스 § 032-656-4453
http://www.chungeoram.com
E-mail § eoram99@chollian.net

ⓒ 김대산, 2009

ISBN 978-89-251-1917-5 04810
ISBN 978-89-251-1681-5 (세트)

잠조행

6

구관통(九貫通)

雜組行

김대산 新무협 판타지 소설

FANTASTIC ORIENTAL HEROES

七十三
마교(魔敎)

1

감숙(甘肅). 동서로 길게 뻗은 그 깊숙한 안쪽, 사막 지대 한가운데에 우뚝 솟은 마고산(摩古山).

사암(沙岩)과 흙과 모래로 깎아지른 듯 위험천만한 절지를 이루던 산세가 중턱에 이르러서는 갑자기 넓은 평지의 천연 광장(天然廣場)을 만들어내고 있다.

광장의 뒤쪽으로는 거대한 병풍처럼 절벽이 둘러섰는데, 그 벽면에 크고 작은 동굴들이 수도 없이 뚫려 있어, 가히 동굴의 성시(盛市)라고 할 만하였다.

바로 이곳이다.

마교(魔敎)!

천 년, 그 이상의 세월을 끈질기게 이어온 마교의 성지!

광장의 안쪽에 우뚝 솟아 있는 석상 하나, 높이 삼 장여에 이르는 거대한 천마상(天魔像)이 그 사실을 웅변해 주고 있다.

2

마차 한 대가 마고산의 산자락을 따라 나 있는 넓은 석로(石路)를 따라 달리고 있었다.

마차의 지붕에는 깃발 하나가 꽂혀 바람에 펄럭이고 있었다.

검은 바탕에 적색으로,

마(魔).

라고 적힌 깃발.

바로 천마기(天魔旗)였다. 마교의 사대호교신물(四大護教神物)인 일인일패일공일기(一印一牌一功一旗) 중 일기(一旗)에 해당하는 신물.

천마기의 무상 권위 덕분인지 마차는 마교의 본산을 어떤 제지도 없이 거침없이 달리고 있었다.

이윽고 넓은 광장의 입구에 들어서서 마차는 급하게 속도를 줄였다.

광장에는 수천에 이르는 마교인들이 나와 있었다.

중앙부에 미처 이르지 못하여 마차는 정지했다. 그들의 앞으로는 마교인들이 벽을 이루고 서 있었다, 더 이상 길을 내어주지 않겠다는 의지인 듯 무거운 침묵으로.

조용한 속에 적대와 경계, 그리고 놀라움과 호기심 등의 복잡하게 얽힌 수많은 침묵 속에 노달은, 아니, 진여송(陣與送)은 천천히 마차에서 내려섰다. 한때 그의 모든 것이었던 대지로, 그리고 지금도 그의 모든 곳인 그 땅으로.

"저자는 본 교의 역도다. 가차없이 처단하라!"

뒤쪽에서 날카롭게 외친 그 명령에 마교인들 사이로 일시 웅성거림이 지나갔다. 그러나 이내,

차창!

차차차창!

도검과 각종의 무기들을 뽑아 드는 소리가 마치 파도가 치듯이 넓은 광장 전체로 번져 갔다.

이어 마교인들은 천천히 노달을 향해, 그리고 그 곁으로 선 잡조를 향해 다가섰다.

그때였다.

획!

한 줄기 그림자가 허공으로 도약해 오르며 비스듬히 마교

인들의 머리 위를 넘어 날아가는데, 그 빠르기가 마치 쏘아진
화살과도 같았다.

그리고 바로 다음 순간,

번뜩!

하며 또 하나의 무언가가 식별하기 어려운 정도의 희미한
잔영을 남기며 앞선 그림자를 곧바로 뒤쫓아가는 것이었다.

"아!"

"아아!"

마교인들 중에서는 이윽고 경악과 탄성들이 새어 나오고
있었다.

그것은 도약이 아니라 비행이었다.

강산이었다. 그리고 이강이었다.

이강이 먼저 신형을 날렸고, 그가 십여 장이나 허공을 날아
간 다음에 도약력을 잃고 추락하려는 즈음에 강산이 단숨에
공간을 가로질러 가 이강의 등을 힘껏 밀어준 것이었다.

그 덕에 이강은 속도를 배가하여 다시 앞으로 날아갔다.

그때 강산의 신형은 한순간 유령처럼 사라져 그 종적이 묘
연해졌는데, 두 사람의 신기를 지켜보던 수많은 눈들은 허공
중에서 강산이 갑자기 사라져 버리는 경이로운 광경에 대해
서는 미처 경악할 기회조차 가지지 못하였다.

곧장 십여 장 이상을 더 날아간 이강이 허공에서 천마상을
마주하고 있었고, 어느 순간 그로부터 한가닥의 찬연한 황금

빛이 빛났기 때문이다.

팍!

이강의 황금빛 장력이 일 장여의 허공을 격하고 천마상의 가슴에 작렬하자 뿌연 돌가루가 허공에 흩날렸다.

이강이 바닥으로 내려설 때, 언제 어떻게 그럴 수 있었는지는 모르겠으되 그의 곁에는 강산이 서 있었다.

"우우!"

마교인들 사이로 나지막한, 그러나 이내 한데 모여서는 비분이 되고 마는 무거운 함성이 일었다.

이강의 그 한 수 재간이 아무리 놀라운 것이었다고 하더라도 그것은 마교인들을 경악이 아니라 격분하도록 만들었다.

그들의 터전 한가운데서, 더욱이 그들 모두가 지켜보고 있는 가운데 신성한 천마상이 손상을 입은 것이다.

걷잡을 수없는 분노가 물결처럼 번져 나가며 수천의 마교인들이 일제히 이강과 강산을 향해 좁혀들고 있었다.

그때 이강은 노달의 외침을 들었다.

[이강! 이렇게 한 번만 외쳐라!]

사방의 소란과 소음을 뚫고 뚜렷이 전달되는 극상승의 천리전성(千里傳聲)이었다.

이강의 시선이 마교인들의 벽 건너 저쪽의 노달을 보았다.

사실은 방금 그가 천마상에 주저없이 일장을 날려 한 개의 장인을 아로새겨 놓은 것은 자신에게 모종의 방도가 있다고 한 노달의 말을 따른 것이었다.

그때 노달의 천리전성이 이어졌다.

[천마인(天魔印)의 무상 권위로 명하노라! 만마(萬魔)는 앙복(仰伏)하라!]

이강은 당황했다.

그러나 그가 잠시나마 망설이기에는 비록 천리전성이나마 노달의 목소리가 너무나 엄숙했다.

또한 기왕에 벌여놓은 상황이 있으니, 그에게 지금 다른 선택의 여지가 있을 수는 없었다.

이강이 있는 대로 공력을 돋우어 우렁차게 외쳤다.

"천마인의 무상 권위로 명하노라! 만마는 앙복하라!"

가까운 곳으로부터 마교인들이 멈칫거리는 느낌이 있더니 이내 소음들이 잦아들었다.

그리고는 마침내 정적이 찾아왔다. 마치 모든 것이 일시에 정지된 듯하였다.

그때였다.

마침 한 줄기의 가벼운 바람이 천마상을 스치고 지나가자, 부스스!

유독 천마상의 가슴 어림에서 한 줌의 가루가 뿌옇게 흩날렸다.

순간 광장의 곳곳에서는 숨죽인 경악이 흘렀다.

"아!"

"아아!"

천마상의 가슴 한가운데에 전에 없던 것이 나타나 있었다.

하나의 장인인데, 그 가운데에 천마의 상이 뚜렷하였다.

바로 천마인(天魔印)이었다.

이강으로 하여금 실행하게 했던 노달의 그 모종의 방도는 바로 천마인이었던 것이다.

가장 마교다운 마교 본연의 힘.

그때 마교인들 중의 누군가가,

"지존진인(至尊眞人)을 뵙습니다!"

하고 크게 외치며 앞으로 나와 이강을 향해 무릎을 꿇었다.

순간 마교인들 사이에 소리없는 술렁임이 일었다. 그것은 충격의 출렁임이었다.

이강 앞에 무릎 꿇은 이가 마교제일의 정예 무력 집단 마존대(魔尊隊)의 부대주 요명(樂明)이라는 것은 그다지 중요한 사실이 아닐 것이다.

그보다는 그들 중의 한 사람이 지금 이강을 향해 무릎을 꿇었다는 사실에서, 그리고 그가 크게 외침으로써 그들 모두에게 새삼 분명한 사실로 확인시켜 준 '지존진인' 이라는 그 한 마디가 던져 주는 충격이리라.

3

"멈춰라!"

창로한 목소리였으며, 한 사람의 목소리가 아니었다.

적어도 대여섯의 목소리가 합창하듯이 모아지며 사방의 대기를 우르르 뒤흔들었다.

그 엄청난 음파에, 그리고 그 무거운 위엄에 광장의 술렁임은 즉시로 가라앉았다.

안쪽으로부터 마교인들 가운데로 통로가 만들어지며 천천히, 그러나 미끄러지는 듯이 빠르게 천마상을 행해 걸어오고 있는 이들은 여섯 명의 노인이었다.

계피학발(鷄皮鶴髮)! 얼마나 나이가 들었는지, 말 그대로 피부는 닭의 살갗과 같이 주름지고, 머리는 학의 깃털처럼 하얗게 센 노인들이었다.

그들이야말로 바로 마교의 육대장로(六大長老)들이었다.

배분상으로는 노달, 진여송보다도 오히려 반 배분이 더 높은 마교의 최고 어른들인 것이다.

육대장로는 어느 듯 이강의 앞에까지 와서 멈추어 섰다.

그들에게서 뿜어지는 기세가 심상치 않았기에 묵묵히 지켜보고 있던 강산이 슬쩍 반걸음을 옮겨 이강과 나란히 섰다.

"진정 천마인의 주인이시오?"

묻는 목소리에는 엄숙한 가운데서도 극히 조심스러운 경

배(敬拜)가 담겨 있었다.

여섯 노인 중 맨 좌측에 선 이로, 육대장로의 수좌(首座), 즉 대장로(大長老)가 되는 이가 이강에게 신중히 묻는 말이었다.

또한 대장로의 목소리에는 기이한 내공이 스며 있는지 그 질문은 가느다란 울림을 타고 은은히 사방으로 퍼져 나갔다.

당장에 마교인들이 초미의 관심을 이강에게로 모을 때였다.

마교인들의 뒤쪽 어림에서 누군가 내력을 돋우어 큰 소리로 외쳐 물었다.

"대장로께선 어인 말씀이시오? 천마 조사 이래로 천 년의 세월 동안 단 한 번도 현신한 적이 없는 천마인이 어떻게 당세에, 그것도 마교인이 아닌 외부인에게서 출현할 수 있다는 것이오? 대장로께서 그 애송이에게 가장 먼저 물어야 할 것은 감히 천마상에다 유치한 손바닥 자국을 남긴 죄에 대해서일 것이오."

그때였다.

앞쪽으로부터 누군가,

"닥쳐라!"

하고 크게 일갈하였는데, 그사이 굳이 저지하지 않는 마교도들의 사이를 성큼성큼 지나오던 노달이었다.

노달이 이어 준엄하게 호통쳤다.

"전흘(全忽)! 네 이놈! 너 따위 가소롭고도 간사하기 이를 데 없는 자가 천마인이 바로 눈앞에 현신하였는데도 감히 그 무상의 권위를 부정하겠다는 것이냐?"

금방이라도 자신에게로 쏘아올 것만 같은 노달의 맹렬하고도 날카롭기 그지없는 기세에 놀란 전흘이 부지불식간에 움찔하며 뒤로 한 걸음을 물러섰다.

그가 비록 오늘날에는 교주의 오른팔로 총사(總師)의 지위에 올라 있지만, 한때 하늘과 같이 받들어 모시던 노달의 서릿발과도 같은 위엄에 일순 기를 눌리고 만 모양새였다.

그러나 노달은 막상 전흘을 덮쳐 가지는 않고 빠르게 걸어서 이강의 곁으로 다가섰다.

4

마교의 네 가지 무상 권위인 일인일패일공일기(一印一牌一功一旗) 중 으뜸과 버금은 천마인(天魔印)과 천마패(天魔牌)이다.

그 두 가지의 권위에 비하자면 천마지존공(天魔至尊功)과 천마기(天魔旗)는 한 단계 아래의 권위를 가진다고 할 수 있다.

그런데 그중 일인일패(一印一牌)는 실전된 지 오래라 마교 내에서 실질적인 권위를 가지는 것은 일공일기(一功一旗),

즉 교주에게 전해지는 호교 무공인 천마지존공과 천마기였다.

십여 년 전 발생했던 마교 내부의 반란은 무벌에서 당시 부교주였던 단애방(端厓邦)에게 실전되었던 천마패를 전하고 하나의 거래를 맺은 것이 발단이 되었다.

교주의 권위를 상징하는 일공일기를 오히려 능가하는 천마패에 더하여 무벌의 지원 약속은 단애방에게 야심을 가지도록 하기에 충분했다.

무벌로서도 당시 강력한 견제 세력이었으며 마도(魔道)의 전통적 종주(宗主)로서의 정통성과 상징성을 지니던 마교를 무혈(無血)로 통합하여 직속의 휘하에 두는 것이니 여러모로 크게 이익을 보는 일이었다.

당시 단애방이 교주였던 진여송을 해교자(害敎者)로 몰아 축출한 것은 명백한 하극상(下剋上)이요, 반란 행위였다.

그럼에도 육대장로를 비롯한 교 내의 원로들이 강력한 의지로 대응하지 못했던 것은 역시 천마패가 가지는 상징상의 권위가 그만큼 절대적이었으며, 더욱이 단애방의 뒤에는 무벌의 막강한 무력이 버티고 있었기 때문이다.

노달이 울분을 참고 십여 년간이나 기약도 없이 강호를 떠돈 것 또한 힘을 잃었기 때문이기도 하지만, 근본적으로는 천마패가 지니는 절대적 권위와 명분에 대항할 방도가 없었기 때문이라고 할 수 있다.

그러던 차에 이강에게서 천 년 만에 천마인이 재현될 줄은 노달로서도 조금도 상상하지 못했던 일이다.

사실 천마지존공에는 하나의 비밀이 있었다.

천마지존공 자체가 철저히 구전(口傳)에 의해 전수되는 것이기에 그 비밀 또한 오로지 전수자와 전수받는 사람만이 알고 있을 수밖에 없었다.

바로 천마종혈(天魔宗血)의 비밀이다.

일종의 씨앗 내공으로, 마교의 역대 교주들은 그것을 마교의 순수 정통성을 보존하는 상징적 차원의 순혈주의(純血主義)의 의미로 받아들였다.

실제로도 천마종혈에는 어떤 실질적인 위력도 효능도 없었다. 아니, 없는 것으로 여겨져 왔었다, 이강이 천마인을 이루기 전까지의 천 년의 세월 동안.

노달은 이강이 알지 못하는 사이에 천마종혈의 씨앗 내공을 전하였다.

그리고 이후에 다시 천마지존공의 정수와 정화만을 추려 무리(武理)로써 전수했던 것이다.

그런데 누가 알았으랴, 그 천마종혈의 의미가, 그 씨앗의 의미가 바로 천마인을 이루기 위한 토대로써의 의미였었음을.

일인일패일공일기 중 최고 권위인 천마인은 천마지존공의 깨달음에서 이루어지는 것인데, 반드시 천마종혈을 지닌 자에게서만 발현되는 것이었다.

　그리고 노달은 이강이 천마인을 이루어내는 것을 보고서, 다만 마교에 돌아가 죽겠다는 것에서 마교를 되찾겠다는 것으로 생각을 바꿀 수 있었던 것이다.

5

　육대장로들은 곧바로 숙의(熟議)에 들어갔다.

　마침내 마교 교주 단애방이 모습을 나타냈으나, 그 또한 함부로 상황을 주관할 수는 없었다.

　지금의 상황은 결코 단순한 대적(對敵)의 문제가 아니었다.

　일인일패일공일기가 한자리에 모두 등장한 초유의 상황인 것이다. 그럼으로써 마교는 지금 종통(宗統)과 율법에 관한 근원적인 문제에 봉착해 있었다.

　종통과 율법에 관해 그것을 수호하고 준수하는 차원이 아닌, 그것 자체의 정통성 혹은 권위를 평가하는 근본적인 문제를 다룰 기구는 마교 내에서 오로지 장로회(長老會)뿐이었다.

　단애방과 노달과 잡조를 포함해 이 자리의 그 누구도 감히 관여할 수 없는 문제인 것이다.

　육대장로들이 따로 자리를 옮기지 않고 모든 교도들이 지

켜보는 바로 이 자리에서 숙의를 진행하고 있는 것은, 지금의
이 사안이 모든 사람들에게 공히 명쾌해야만 하기 때문이리
라.

　일각여가 쏜살처럼 지날 즈음.

　이윽고 대장로가 육대장로의 숙의 결과에 대해 모두에게
발표했다.

　"지금 천마패가 단(端) 교주에게, 그리고 나머지 세 개가 모
두 진(陣)… 교주에게 있으나, 권위의 우열을 그러한 숫자만
으로 규정하기는 실로 어려운 일이오. 본 교의 율법이 정하는
바에 의하면, 일인일패와 일공일기가 지니는 권위는 분명히
차이가 있으니 일단은 천마인과 천마패 간의 우열을 정하는
것이 바른 순서라고 할 것인데, 천마인과 천마패 중에서는 천
마인이 상위 서열인 것은 분명하오. 그러나 그것은 다만 상징
적으로 그렇다는 것이지, 구체적이고도 실질적인 권위의 측
면에서 그렇다는 해석에는 무리가 있소."

　그러자 광장의 마교도들 사이에서,

　"아!"

　"아아!"

　하고 긴장된 한숨과 탄식이 흘렀다. 대장로가 다시 말을 계
속했다.

　"우리 육대장로들이 신중히 논의한 결과, 천마인과 천마패
의 권위가 상충할 때 어느 한쪽의 권위로 다른 한쪽을 완전히

부정할 수는 없다는 결론에 도달하였소."

결국 상징성에 있어서는 천마인이 우위에 있으나 실질적
인 권위에 있어서는 천마인과 천마패가 동등하다는 결론이었
다.

七十四
결판(決判)

1

대장로의 발표가 이어지는 동안 단애방은 그다지 초조해하는 기색이 아니었는데, 대장로의 발표가 있고 나자 오히려 크게 고무된 듯 보였다.

그가 문득 대장로를 향해 입을 여는데, 그 목소리가 부드러운 중에도 묘한 여운을 끌며 사방으로 퍼져 나갔다.

"대장로! 장로회의 결정으로도 양측이 지닌 권위의 우열을 가릴 수 없게 되었다면, 각자가 지닌 힘으로써 스스로의 권위를 입증하도록 하는 것이 어떠하오? 본 교에는 힘으로써 진리를 입증하라는 교리도 있는 만큼 그러한 방법이 교리를 위배하는 것은 아닐 것 같소만?"

그에 대해 대장로가 뭐라고 대답하기 전에 노달이 먼저 크게 소리 내어 웃으며 대갈하였다.

"으하하하! 이놈! 네 그 말이 진정이냐?"

단애방이 느긋하게 웃으며 대답했다.

"전 교도들이 지켜보는 자리이다. 본 교주가 어찌 단 한마디라도 허튼말을 하겠는가? 본 교주는 다만 가장 합당하며 가장 정당한 방법으로 이 혼란이 최단 시간 내에 수습되기를 바랄 뿐이다."

"오냐, 이놈! 내 안 그래도 네놈의 머리통을 바술 날을 간절히 고대하고 또 고대해 오던 바이다."

그때 대장로가 손짓으로 두 사람의 입담 공방을 제지하며 빠르게 말했다.

"단 교주의 제안에 대해 우리 육대장로들이 다시금 잠깐의 협의를 해본 결과, 얼마간의 무리와 억지가 없는 것은 아니나, 다만 지금의 특수한 상황에서는 타당성을 부여할 수도 있겠다는 합의에 이르렀소. 하여 우리 육대장로는 본 교가 당면한 혼란에 대해 당사자들인 단(端) 교주와 진(陣) 교주, 양자(兩者)가 직접 해결할 것을 간곡히 청하는 바이오."

노달은 주저없이 고개를 끄덕여 승낙을 표했다.

사실 단애방에게 다른 간계가 없다면 그와의 일대일 승부를 마다할 이유가 노달로서는 조금도 없는 것이었다.

그러나 그때 단애방이 돌연히 이의를 제기하고 나섰다.

"대장로의 말씀에는 묵과할 수 없는 오류가 있소이다. 본 교주는 본 교의 정통성을 뒤흔드는 작금의 혼란을 해결하기 위한 충심으로 그 같은 제안을 했던 것인데, 대관절 지금의 진여송이 본 교와 무슨 연관이 있으며, 또한 무슨 자격이 있길래 이런 중차대한 사안에 그를 끼어들게 하려는 것이오?"

대장로가 설핏 당황하는 기색이 되어 반문하였다.

"진 교주에게 자격이 없다는 말씀이오?"

"몰라서 하시는 말씀이오? 저자가 비록 과거 한때에 본 교의 교주 직에 있었다고는 하나 그것이야 어디까지나 과거지사일 뿐, 지금에 와서 그가 과연 본 교의 무엇이오? 그가 천마인의 주인이기라도 하단 말이오?"

대장로가 더욱 당황한 기색으로 다시 물었다.

"그렇다면 교주의 뜻은?"

"당연히 천마패의 주인인 본 교주와 천마인의 주인 되는 자 간에 승부를 결하여 모든 것을 단숨에 결판 짓자는 것이오."

노달은 크게 당황하고 말았다.

단애방의 목표가 처음부터 그가 아닌 이강이었음을 이제야 확연히 깨닫게 된 것이다.

흘깃 돌아보니 이강의 얼굴에는 오히려 의욕의 기색이 떠오르고 있었다.

그러나 노달로서는 결코 자신을 대신해 이강을 내세울 수는 없는 일이었다.

단순한 무공적 능력에서는 어쩌면 이강이 앞설지도 몰랐다.

그의 태극혜검은 이미 심오한 지경에 들어서 있고, 더욱이 천마인으로 대변되듯이 그의 천마지존공 또한 그 순수한 성취에 있어서는 오히려 노달의 경지를 능가한다고 할 수 있으니 말이다.

그러나 단애방이 누구인가?

신주십삼존의 반열에 당당히 이름을 올려놓은 이 시대의 절대강자들 중 한 사람이 아니던가?

그런 만큼 설혹 무공에 있어서 이강의 우위를 가정한다고 하더라도, 그것은 다만 아주 미미한 차이에 불과할 뿐일 것이다.

또한 생사지투(生死之鬪)에서 무공은 다만 하나의 요소일 뿐이다.

무공에서 확연한 차이가 나는 것이 아니라면 경험과 노련함, 그리고 반드시 죽이겠다는 살기의 치열함 등이 결국에는 승부를 좌우하는 것이 아니겠는가?

"그럴 수 없다. 이것은 어디까지나 네놈과 나, 두 사람이 결판을 지어야 할 일이다."

노달이 차갑고 단호하게 외쳤다.

그러나 단애방은 노달의 외침을 무시하고 대장로에게로만

시선을 고정시켜 놓고 있었다. 다시 유권해석을 내리라는 독촉이었다.

잠시 고심하는 기색이던 대장로가 언뜻 노달에게로 시선을 향하였으나 다만 순간의 안타까움만 비쳤을 뿐이었다.

그는 이내 다시 단애방에게로 눈길을 옮기며 고개를 끄덕였다. 결국 단애방의 손을 들어준 것이다.

노달이 암담한 빛이 되고 마는데, 그때 단애방이 문득 그를 향하며 말했다.

"정히 달갑지 않다면 또 다른 방법 하나를 제안할 수도 있다."

그 뜻밖의 말에 노달이 언뜻 이마에 굵은 주름 하나를 만들며 무겁게 물었다.

"무엇이냐?"

"제안을 하기에 앞서 분명한 약조가 필요하다."

노달이 조소하며 묵묵히 입을 닫고 있자 단애방이 다시 말을 이었다.

"이번 결판이 어떤 형태로 지어지든 간에, 그 결과에 대해 지는 쪽은 반드시 목숨을 내놓아야 한다. 만약 본 교주가 진다면… 본 교주는 기꺼이 자결할 것이다, 모든 교도들이 지켜보는 바로 이 자리에서."

노달이 크게 소리 내어 웃으며,

"으하하하하! 천하에 몰염치한 놈이로구나! 네놈이 지금

내 앞에서 감히 약조를 말하는 것이냐?"

하고 꾸짖고 나서 다시 말했다.

"두말할 필요가 없는 일이다. 나는 네놈같이 간계를 일삼는 사람이 아니니, 지금까지 책임져야 할 일에 대해 목숨을 걸지 않았던 적은 한 번도 없었느니라!"

그러나 단애방은 천천히 고개를 가로저었다.

"당신의 그 보잘것없는 목숨만으로는 부족하다."

"무어라?"

"천마인의 주인 또한 목숨을 내놓아야 한다."

노달이 격분을 참지 못하여 대갈일성하고 말았다.

"이놈! 네놈이 지금 또 무슨 사악한 간계를 꾸미려는 것이냐?"

그러나 단애방은 노달의 격분을 상대하지 않고 대장로에게로 담담한 눈길을 향했다. 다시 유권해석을 바란다는 것이리라.

잠시 다른 장로들과 전음으로 의견을 나눈 뒤, 대장로가 무거운 목소리로 답했다.

"참으로 두렵고도 처참한 심정이나, 본 교의 혼란을 근원적으로 정리하기 위해서 본 장로들은 단(端) 교주의 생각에 동의할 수밖에 없소!"

"아아!"

노달이 장탄식을 토해내는 찰나, 이강이 차분한 목소리로 그에게 말한 것은 그때였다.

"일단은 또 다른 방법에 대한 제안부터 들어보십시오."

그 말에 대해서 기다렸다는 듯이 곧바로 받아서 대답한 것은 단애방이었다.

"진여송! 당신이 나와도 좋다. 아니, 당신들 중에서 더 강한 자가 있다면, 누구를 내세워도 무방하다."

그 생각지 못한 제안에 노달이 재촉하듯이 반문했다.

"도대체 무슨 속셈이냐?"

"대리인을 내세워도 좋다는 것이다. 단, 그쪽에서 대리인이 나온다면 본 교주 또한 대리인을 내세울 것이다."

그 말에 노달이 분노를 참지 못하고 대갈하였다.

"이놈! 이 쥐새끼 같은 놈! 결국에는 네놈이 발을 빼겠다는 얄팍한 속셈이었구나!"

그러나 단애방은 여전히 차분함을 잃지 않았다.

"이것은 다만 제안일 뿐이니 선택은 당신에게 맡기겠다. 원안대로 본 교주와 천마인의 주인이 결판을 내던지, 아니면 양측이 각자 대리인을 내세워 결판을 내던지, 당신의 선택이 그 어느 쪽이든지 본 교주는 흔쾌히 받아들일 것이다."

노달은 그제야 단애방의 곁에 선 자를 재빨리 훑어보았다.

그자야말로 바로 단애방이 대리인으로 내세울 자라는 직감이 퍼뜩 든 때문이었다.

그리고 노달의 얼굴은 이내 무거워졌다.

바닥까지 치렁거리는 흑포를 걸친 거구의 사내였다

어깨까지 흘러내린 흑발이 얼굴의 태반을 가렸으나 언뜻 드러난 얼굴은 유난하다 싶을 정도로 짙은 구릿빛이었다.

노달은 자신도 모르게 흠칫 어깨를 떨었다.

그처럼 특이한 느낌의 사내에 대해 왜 방금 전까지도 아무런 경계를 느끼지 못하고 있었을까, 더하여 주목조차 하지 않았을까?

그가 단애방의 바로 한 발 뒤에 우뚝 버티고 서 있었음에도.

그것은 곧 사내가 짐작할 수 없는 역량의 소유자임을 의미하는 것일 터였다.

대장로의 무거운 시선이 노달에게로 향하였다가 다시 이강에게로 옮겨졌다.

노달에게 의사를 확인하되, 그 결정은 천마인의 주인인 이강을 통해 하기를 바란다는 의미이리라.

노달의 눈빛에 짧으나 격렬한 갈등이 스쳤다.

그러나 그는 곧 한곳으로 시선을 주었다.

2

노달의 시선이 가서 머문 곳은 바로 강산이었다.

노달은 그 자신도 아니고 이강도 아닌, 강산을 지목한 것이다.

그런 노달의 결정에 대해 이강은 불만을 가지지 않았다.

지금은 단순히 결기를 내세울 때가 아니었다.

반드시 이겨야만 하는 상황인 것이다.

노달로서도 비록 자신의 혈원(血怨)을 풀기 위한 일이긴 하였지만, 이미 자신 혼자만의 일은 아닌 것이다.

적어도 지금 이 자리에서만큼은 그들 모두는 공동 운명체가 될 수밖에 없었다. 아니, 이미 그렇게 되어 있었다.

그렇다면 지금 절실한 것은 누구의 원한이 더 처절한가, 누구의 투지가 더 치열한가 하는 것이 아니리라.

철저히 누가 더 강한가, 누가 이 위험한 싸움에서 이길 가능성이 조금이라도 더 높은가 하는 것이리라.

그런 전제하에서 분명한 것은 무공(武功), 아니, 무력(武力)에 있어서 강산이 잡조의 누구보다도 강하다는 것은 부인할 수 없는 사실이었다.

강산이야말로 모두를 위한 최선의 선택임에 분명했다, 무엇보다 노달의 염원을 이루기 위해서도.

이강은 담담히 선언했다.

강산에게 자신을 대신할 권위를 잠시 위임하며, 진여송과 강산이 승부에 진다면 결코 권위를 앞세우지 않고 마교의 처분이 무엇이든 순순히 따르겠다고.

　"본 교의 두 무상 권위가 상잔하는 승부를 교도들 앞에서 벌일 수는 없는 일이오. 하니 이 승부는 신성한 천마신전(天魔神殿) 안에서 이루어지도록 하는 것이 좋겠소. 그리하여 마지막에 신전을 걸어나오는 쪽에 곧 천마의 뜻이 있음을 모든 교도들에게 보여주면 될 것이오."

　단애방의 그 말에 대해 노달은 일단 거부했다.

　단애방을 신뢰할 수 없으니 그가 천마신전 안에 미리 어떤 안배를 해두었을 가능성에 대한 당연한 우려였다.

　그에 대장로가 중재에 나섰다.

　"일단 단 교주의 말씀에 일리가 있다는 전제하에 신전의 모든 기관 매복을 본 장로가 직접 폐쇄하고, 승부를 결할 두 사람을 제외하고는 그 안에 어떤 살아 있는 존재도 없다는 것을 본 장로들 개개인과 나아가 장로회의 명예를 걸고 보장하면 어떻겠소?"

　그때 이강이 부언(附言)했다.

　"살아 있는 존재는 물론이거니와, 죽어 있는 존재도 없어야 하겠지요."

　그에 대장로가 언뜻 이채를 띠었으나 이내 잔잔한 눈빛으로,

　"무슨 뜻이오?"

하고 물었다. 이강이 또한 차분하게 말했다.

"우리는 마교에 적어도 백몇십 구의 강시가 있음을 알고 있습니다. 전날에 직접 경험해 보기도 했지요."

순간 대장로의 표정에 씁쓰름한 기색이 스쳤다. 그러나 그는 곧 고개를 끄덕이며 정색하고 대답했다.

"본 교에서 얼마 전까지 일단의 강시들을 보유하고 있었음은 사실이오. 그러나 그런 마물들을 제련하고 보유하는 일체의 행위는 본 교의 율법에 위배되는 것이었으므로 장로회에서 강력히 주도하여 일괄적으로 소멸시킨 바가 있소."

이강은 잠시 대장로와 눈빛을 마주친 채로 있었다. 그리고 그의 눈빛에서 단호한 가치관과 아울러 담담한 호감 같은 느낌을 읽을 수 있었다.

"어떻게 말입니까?"

묻는 이강의 어조가 한결 부드러워져 있었다.

"본 교의 부끄러운 일이라 자세히 말할 수는 없으나, 그 백몇십 구의 강시가 각기 한 무더기씩의 해골로 화하였으며, 그 해골들마저도 완전히 소각하였다는 것은 분명히 확인해 줄 수가 있소."

이강이 흘깃 노달에 이어 강산에게로 눈길을 주었다.

그러나 노달도, 강산도 뭐라고 의견을 보태지는 못하였다.

이강은 문득 선변을 생각했다, 이 자리에 그녀가 있었다면 보다 분명하고도 정확하게 상황을 정리할 수 있었을 텐데…

하는.

그때 대장로가 양측 모두를 보며,

"자! 달리 하실 말씀들이 없다면……."

하고 말꼬리를 뺀 채 잠시 기다렸다. 그리고 그의 말에 대답하는 이가 없는 것을 확인하고는, 이어 내력을 돋우어 장중한 목소리로 외쳤다.

"이제 양측의 대리인은 천마신전으로 드시오! 승부가 날 때까지 본 교의 모든 교도들은 이 자리를 지킬 것이며, 다시 신전의 문을 열고 나오는 쪽에 본 교의 운명을 일임할 것이오!"

그것은 승부를 결할 양측은 물론이고, 광장에 집결해 있는 모든 마교도들에게 하는 선언이었다.

곧바로 단애방의 짧은 명령이 있었다.

"가라!"

그러자 그 흑발흑포(黑髮黑袍)의 거구사내가 즉시로 신형을 쏘아갔다.

그런데 사내는 높이 도약하여 앞으로 쏘아가는 것이 아니라, 지면으로부터 일 척 정도의 높이로 떠서 천마신전까지 십여 장 정도의 거리를 찰나의 순간에 날아가 버리는 것이었다.

그 기이하고도 쾌속하기 이를 데 없는 신법에 마교도들 중에서 놀라고 감탄하는 탄성들이 잇따라 터져 나왔다.

강산은 성큼성큼 걸음을 옮겼다.

그러다 힐끗 뒤를 돌아보는데, 그 눈빛에 왠지 할 수 없이 간다는 듯한, 별로 하고 싶지 않은 일을 마지못해 한다는 듯한 기색이 녹아 있는 것만 같아 윤파가 사방의 잔뜩 긴장된 분위기에도 불구하고 부지불식간에,

핏!

하고 실소를 흘리고 말았다.

그러나 홱 하고 쏘아보는 이강의 매서운 눈빛 때문에 윤파는 흠칫하며 입가에 걸린 실소의 흔적을 재빨리 씻어냈다.

4

"이강!"

마부석에 앉아 있던 선변은 저 멀리 이강과 노달, 그리고 윤파의 모습이 보이자 전력을 다해 외쳤다.

그녀의 눈에는 이강과 윤파만이 보일 뿐, 그 일대에 운집한 수천 마교도의 모습은 보이지 않았다.

만약 그런 것이 보일 정도로 마음의 여유가 있었다면 그녀는 감히 천마상이 서 있는 마교의 대지에서 뿌연 먼지를 휘말아 올리며 전속력으로 사두마차를 몰아 내달릴 엄두를 내지는 못했을 것이다.

그대로 마교도들을 덮칠 듯이 질주해 오는 마차를 보고 이

강이 신형을 날려 마부석에 안착하며 말고삐를 당겼다.

푸륵!

푸르륵!

겨우 진정하며 멈춰 선 네 마리 말은 뿌연 입김을 토해내며 헐떡였다.

먼지투성이인 중에도 온통 번들거리는 동체에서 마차가 얼마나 오랜 시간 전력으로 질주해 왔는지를 능히 짐작해 볼 수가 있었다.

마차에서 뛰어내린 선변은 그제야 강산이 없다는 것을 깨닫고 부르짖듯이 물었다.

"조장님은?"

그 다급한 물음에 이강이 대답할 틈도 없이 손가락으로 신전 쪽을 가리켰다.

굳게 닫혀 있는 천마신전의 거대한 철문을 보는 순간, 선변은 전신을 휘도는 한가닥의 거센 불안감에 전율하듯이 몸을 떨고 말았다.

"안 돼!"

외치며 곧장 신전을 향해 달려가려는 선변을 이강이 급히 붙잡았다.

선변이 뿌리치려 발버둥 치며 다급하게 외쳤다.

"혼마신(魂魔神)! 그 저주의 마신이 지금 저 안에 있단 말이야! 지금이라도 조장님을 나오게 해야 돼!"

이강과 윤파가 혼마신이 무엇인지, 그것이 어떤 저주를 지닌 마물인지, 마신인지 알 수는 없는 일이었다.

그러나 선변이 지금 저토록이나 평정을 잃고 부르짖을 정도라면 그 위험성을 미루어 짐작하고도 남음이 있을 터였다.

이강은 급히 대장로를 돌아보았다.

그러나 대장로는 무겁게 고개를 가로저으며 말했다.

"이미 늦었소. 신전의 문이 이미 닫힌 이상, 그 문을 바깥에서 다시 열 수는 없는 일이오! 만약 누군가 바깥에서 문을 열려 한다면 그는 이곳에 있는 수천의 우리 교도들 모두를 적으로 맞게 될 것이오."

지켜보던 단애방의 입가로 느긋한 웃음기가 걸렸다.

5

천마인(天魔印)의 등장은 단애방으로서는 전혀 예상하지 못했던 일이었다.

그러나 당황스러울 것까지는 없는 일이었다.

그에게는 이제 지상에서 가장 강력하며, 또한 가장 믿을 수 있는 절대의 힘이 있는 것이다.

마신체(魔神體), 그가 새로이 천마신(天魔神)이라고 명명한 지상 최강의 절대적 존재를 마침내, 그야말로 극적으로 완성시킨 것이다.

마교 부흥(魔敎復興)!

천마신은 그 장대한 염원을 이루어가는 데 있어서 핵심이 될 존재였다.

단애방이 무벌에 머리를 조아리고, 스스로 마교를 무벌 산하의 일개 전(殿)으로 격하시킨 것은 바로 천마신의 완성까지의 시간을 벌기 위함이었다.

그러나 이제 천마신이 완성된 이상 마교는 일대 혁신을 거쳐 천하에서 가장 강력한 조직으로 거듭날 것이다.

그리고 그토록 염원해 왔던 일을 마침내 본격적으로 시작하게 될 것이다.

마교천하독존(魔敎天下獨尊)!

천마신은 무벌을 상대하는 데 있어서 가장 강력한 무기가 될 것이다.

천하제일인 무황(武皇) 염운백(廉雲佰)을 쓰러뜨릴 것이며, 나아가 아직 생존해 있을 가능성은 희박하지만 창천무종(蒼天武宗) 염천월(廉天月)과도 능히 상대가 되리라는 데 대해 그는 추호의 의심도 가지지 않았다.

천 가지의 독과 천 가지의 영약, 그리고 천인(千人)의 정기를 받아 마침내 완성된 고금 최강의 무적병기!

천마신의 완성에 있어 화룡점정은 바로 배교의 제혼대법이었다.

　이미 천 년 전에 실전되었던 그 대법이, 아니, 그 대법에 의해 완성된 배교의 강시들이, 사실은 그가 독중독존(毒中毒尊)에게 의뢰했다가 난데없는 사고로 유실(遺失)되었던 독시(毒屍)들이 제 발로 그의 앞에 돌아온 것은 그야말로 극적이었고, 또한 천운이라고밖에 할 수 없는 일대의 기연이었다.

七十五
기투(奇鬪)

1

"크르르!"

마치 야수와도 같이 나직이 포효하고 있는 흑포흑발의 거구사내.

그가 바로 선변이 그토록 두려워하는 혼마신이며, 또한 단애방이 고금 최강의 무적병기라 자부하는 천마신임을 강산은 알지 못했다.

팟!

한순간 천마신의 신형이 번개처럼 쏘아오며 강산을 덮쳤다.

그러나 빠르기에 관한 한은 이미 절대의 경지에 달한 강산

이었다. 천마신의 움직임이 아무리 빨라도 강산을 따라잡을
수는 없었다.

파팟!

파파팟!

신전 안 곳곳에 천마신과 강산의 신형이 나타났다 사라졌
다 하며 어지러이 번뜩였다. 그러던 어느 순간,

"크아아아!"

천마신이 한차례 거칠게 울부짖고는 우뚝 제자리에 멈추
어 섰다.

단순히 쫓아다니기만 해서는 결코 강산을 잡을 수 없다는
사실을 깨달은 때문일까?

강산은 그제야 반격을 시도해 볼 생각을 했다.

취리리릿!

추리리릿!

허공을 헤집는 기묘한 소리가 나더니 두 무리의 섬뜩한 예
기(銳氣)가 폭발적인 기세로 터져 나가며 강산과 천마신 사이
의 공간을 광포(狂暴)하게 유린하였다.

바로 강산의 양 손목에서 풀려 나간 무명(無名)이었다.

번뜩!

하는 투명의 광채가 사라지는 순간, 두 자루 무명은 이미
천마신을 난도질하고 돌아왔다.

그 한 수의 동작이 얼마나 빨랐던지,

가가각!

뼈를 시리게 하는 마찰음과,

치리링!

하고 무명이 다시 강산의 손목으로 말려 들어가는 맑은 소리는 강산이 원래의 자리로 돌아와 우뚝 버티고 선 다음에야 들리는 것 같았다. 하긴 강산은 차라리 원래부터 움직이지 않았던 듯이 보이는 것이었지만.

그런데 강산의 얼굴로 언뜻 놀라는 기색이 스쳐 갔다.

천마신의 장포는 그야말로 난도질당하여 갈가리 찢기다시피 베어져 넝마처럼 나풀거리고 있었다.

그러나 그 안으로 선명히 보이는 구릿빛 동체는… 멀쩡했다, 베인 흔적을 찾아보기 어려울 정도로.

비록 전력을 다하지 않았다고는 해도, 그럼으로써 무명의 기인(氣刃)이 최고조로 발휘되지는 않았다고 해도, 그래도 무명이고 또 절대예기의 기인인데 상대를 베고도 흔적조차 남기지 못했다는 사실은 보고도 믿기가 어려운 일이었다.

그제야 강산은 상대가 강시의 일종일지도 모르겠다는 생각을 퍼뜩 떠올렸다.

마신체, 마교의 대장로가 모두 소멸시켰다고 보장한 바 있던 바로 그 괴물 말이다.

순간 강산의 입꼬리가 슬쩍 말려 올라갔다. 동시에 그의 신형이 흐릿한 윤곽으로 변했다. 그리고,

휘류류류류!

하는 무명의 흐느낌 소리와 함께 한 무더기의 맑은 광채가 어지럽게 허공을 휘감았다. 동시에,

"크으!"

하는 천마신의 짧은 경호성이 울렸다.

천마신의 목에는 어느새 무명이 휘감겨 있었다.

그러나 그 앞에 선 강산의 얼굴은 흠칫 굳어 있었다.

이번에는 제대로 발현된 무명의 기인으로도 기껏 그 짙은 구릿빛의 피부에 얕게 베인 흔적만이 비치게 만들었을 뿐이었다.

'설마 금강불괴란 말인가?

비로소 강산은 자신이 지금 상대하고 있는 괴물이 과거에 그가 경험해 보았던 강시들과는 천양지차(天壤之差)의 위력을 지닌, 실로 엄청난 존재라는 사실을 실감할 수 있었다.

그때였다.

"크아아아!"

천마신이 크게 포효하는 순간 강산은,

"어엇!"

하고 놀람과 당혹의 소리를 내뱉지 않을 수 없었다.

천마신이 두 손으로 무명의 검인을 움켜잡아서 끌어당기기 시작한 것이다.

그러나 무명의 검인에 여전히 기인(氣刃)이 서려 있었음에

도 불구하고, 역시 천마신의 손은 멀쩡하기만 했다.

일순 강산은 망설였다.

일단 무명을 버리고 물러설 것인가?

그러나 그는 곧 마음을 정했다.

상대의 터무니없는 강함에 대한 오기가 생기기도 하거니와, 무명을 버릴 수는 없다는 결기였다.

무명이 세상에 드문 보검이어서 그런 게 아니라 비록 한 자루 생명없는 검에 불과하지만 이미 그에게는 물건 이상의 의미를 지닌 소중한 존재기 때문이다.

강산은 차라리 부딪쳐 갈 작정을 했다.

온몸으로.

쾅!

그의 어깨가 그대로 괴인의 어깨를 들이받는 순간, 벼락이 치는 듯한 굉음이 터져 나왔다.

짧은 간격이었지만 강산이 가진 절쾌의 속도에 천마신의 잡아당기는 힘이 더해졌으므로 능히 천 근의 바위라도 단숨에 가루로 만들어 버리고 말 위력이었다.

그러나 괴인은 뒤로 튕겨 나가기는커녕 오히려 강산의 상체를 그대로 끌어안아 버렸다.

"헛!"

강산이 크게 당황하여 헛바람을 내뱉고 말았다.

천마신(天魔神)! 물론 강산으로서는 그 이름을 알지도 못했지만, 여하간 그 엄청난 존재는 강산이 처음으로 경험해 보는, 말 그대로의 괴물이었다.

그런데 뒤이어 강산은 자신도 모르게,

"어헉!"

하고 다시금 다급한 헛바람을 내뱉었다.

파아아아아!

돌연한 진기의 흐름이었다.

돌연히 그의 몸에서 빠져나가기 시작하는 그 진기의 흐름이 급하고도 거대했기에 강산은 순간적으로 경악하고 당황하여 정신을 차릴 수가 없을 정도였다.

그러나 강산은 이내 당황을 추슬렀다.

그의 몸에서 기가 빠져나가는 기이한 현상은 그로서는 처음으로 겪는 당혹스럽기 짝이 없는 일이었다.

그러나 그 반대의 경우라면 익히 경험해 본 바가 있기에 그런 기이함이 아주 낯설지는 않았던 것이다.

'흡능과 유사하다!'

그러나 그것이 바로 희대의 흡성대법(吸星大法)이라는 사실까지야 그가 알 리는 없었다. 하긴 흡성대법인 줄을 알았다 해도 그것이 무엇을 의미하는지에 대해서 아는 바가 그다지 많지 않으니 또한 크게 달라질 것은 없었을 터이지만.

강산은 곧바로 흡능을 발동시켰다.

순간 그의 내부에서 이백쉰두 개의 관통된 관문이 일제히 활성화하기 시작했다.

바로 칠관통(七貫通)의 흡능이 발동된 것이다.

그러나 강산이 약간의 안도와 자신까지를 가질 수 있었던 것은 아주 잠깐에 불과했다.

그는 이내 더할 수 없는 경악과 걷잡을 수 없는 당황에 빠지고 말았다.

흡능을 발동하였음에도 상대의 진기를 빨아들이는 것이 아니라 오히려 자신의 내부 각 관문들에 축적되어 있던 내력이 더욱 격렬하게 빨려 나가고 있었으니 그가 어찌 경악하고 당황하지 않을 수 있었겠는가?

2

흡성대법(吸星大法)과 흡능(吸能)!

두 희대의 내가(內家) 수법들이 격돌한 결과는 곧바로 강산의 절대열세로 나타났다.

그런 데는 몇 가지의 명백한 이유가 있었다.

우선은 천마신의 내공력이 인간의 한계를 넘어선 가히 불가사의한 것이라는 점이다.

강산이 칠관통(七貫通)을 이룬 후 실로 놀라운 내력을 지니게 되었다고는 하나, 천마신의 그것과는 감히 비교할 바가 못되는 것이다.

　무엇보다도 큰 이유가 되는 것은, 상대의 진기를 빨아들이는 흡기(吸氣)의 능력과 효율성의 측면에서 흡능과 흡성대법이 가지는 상대적 차이이다.

　즉, 흡능이 강산의 관통된 내부 관문들, 이백쉰두 개 관문의 상호 유기적인 작용에 의해 이루어지는 것이긴 하나, 각 관문들이 가지는 모든 역량이 오로지 흡기로만 집중된다고는 할 수는 없었다.

　다시 말하면 흡기의 작용 중에 각 관문들 간의 상호 균형과 조정, 그리고 조화 등의 간접적이고도 총체적인 기능으로 역량이 분산되는 측면이 있다는 것이다.

　그런 흡능의 작용 방식과 비교하여 상대적으로 흡성대법은 상대와 접촉하는 부위를 통한 흡기에 모든 역량이 총집중되는 방식이었다.

　그러니 단순히 흡기의 능력과 효율성이라는 측면만을 놓고 볼 때는 강산의 흡능은 흡성대법에 대해 크게 미치지 못하는 것이다.

　더불어 천마신의 흡성대법은 인간으로서는 극복하는 것이 불가능하다는 몇 가지의 제약과 부작용을 너끈히 넘어서서 일찍이 누구도 도달해 본 바가 없는 대성(大成)의 경지에 달해 있으니 더 이상 무엇과 비교를 하랴?

3

과아아아!

등과 어깨, 두 팔, 그리고 가슴 등 천마신과 닿은 신체의 각 부위로부터 실로 엄청난 속도로 체내의 진기가 빨려 나가고 있었다.

그로 인해 강산의 내부에서는 마치 광란과도 같은 진기의 소용돌이가 일어나고 있었다.

내부가 엄청난 압력으로 급격히 움츠러들었기에 강산은 자신의 내부 장기(臟器)들이 금방이라도 형편없이 쪼그라들고, 또 갈가리 찢기고 말 것 같은 공포를 가지지 않을 수 없었다.

"크으윽!"

고통과 절박함으로 인해 강산의 입에서는 신음 소리가 절로 흘러나왔다.

진작에 불가항력을 느꼈으므로 기겁하여 천마신으로부터 떨어져 나가려는 시도를 안 해본 것은 아니었다.

그러나 이미 천마신의 강철 같은 양손에 의해 완전히 갇힌 데다, 접촉된 신체의 부위들에서는 마치 수백 개나 되는 문어의 빨판이 달라붙은 것처럼 불가항력의 흡인력이 그를 잡아당기고 있었다.

사력을 다해 발버둥을 쳐보았지만 강산은 천마신으로부터 단 한 치도 떨어지지 못했다, 마치 강력한 자석에 달라붙은 쇠붙이처럼.

지금 이 순간에도 진기는 점점 더 격렬한 기세로 빠져나가고 있었다.

금세 내부가 텅 비어버린 듯한 허탈감이 몰려왔고, 이어 천지가 핑 도는 극심한 현기증이 찾아왔다.

그런데 강산이 이윽고는 포기하고 체념하지 않을 수 없게 된 바로 그때였다.

갑작스럽게 빠져나가던 진기의 흐름이 멈췄다.

그리고는 곧바로 반대의 현상이 벌어지는 것이었다.

진기가 다시 들어오고 있었다.

'아아! 흡능이다, 흡능이 작용하고 있다!'

그랬다. 상대적 미약함으로 작용의 느낌마저 주지 못하던 흡능이 돌연 강력하게 발휘되고 있는 것이었다.

그 덕분으로 거의 절반 가까이나 빼앗겼던 진기가 다시 급속도로 채워지고 있었다.

그러나 강산의 환호는 이내 다시 절망으로 바뀌고 말았다.

'아아! 다시 빠져나간다!'

한순간에 진기의 흐름이 역전되었고, 흡능은 다시 절대약세의 미약함으로 전락하고 말았다.

하지만 강산이 느끼는 절망의 정도는 처음에 비해 한결 덜해졌다.

완전히 체념하려던 순간에 어쨌든 한가닥 구원의 빛이 될지도 모를 특이 현상 하나를 발견하였지 않은가?

강산은 그 특이한 현상이 한 번 더 일어날 것을 간절히 고대했고, 잠시 후 그의 고대는 과연 이루어졌다.

과아아아!

태풍이 몰아치듯이 진기가 빠져나가던 중에 거짓말처럼 그의 흡능이 다시 강력히 작용하며 진기가 다시 되돌아 들어오고 있었다.

강산은 애써 침착함을 유지하며 진지하게 현상을 관찰했다.

살아남을 수 있는, 최소한 죽음을 지연시킬 유일한 단서가 아닌가?

그러니 침착하지 않을 수 없었다. 그의 모든 지식과 사고력을 최대한 집중하지 않을 수는 없었다.

한순간 강산의 염두가 번개처럼 돌아갔다.

'맥동(脈動)이 있다!'

그랬다.

상대의 흡기에는 일종의 맥동이 있었다.

그것이 무엇 때문인지까지를 강산이 알 수 있는 것이 아니었지만, 상대의 흡기가 마치 호흡을 하는 것처럼 이루어진다는 점은 분명하였다.

'흡(吸)이 길고 호(呼)는 상대적으로 짧다.'

강산의 염두가 찰나를 다투며 다시 돌았다.

'흡능은 계속 작동하고 있다. 그러나 흡(吸)의 시기에서 상

대의 흡기력은 불가항력이라, 흡능은 작동하지 않는 것이나
마찬가지이다. 그러다 호(呼)의 시기에서 상대의 흡기가 일시
멈추기에, 비로소 흡능이 작용하는 것처럼 느껴지는 것이다.
그렇다면… 나는 호(呼)의 시기를 노려 사력을 다해 흡능을
전개해야만 한다!

　정확한 것은 아니었지만 강산의 그런 추측은 얼추 비슷하
게 사실에 근접하는 것이었다.

　즉, 흡성대법도 결국은 내가(內家)의 수법이니 호흡의 맥동
을 따르지 않을 수는 없는 것이다.

　다시 말해 무한정 계속하여 빨아들이기만 할 수는 없고,
흡(吸) 다음엔 호(呼) 혹은 지(止)의 순간이 있어야만 하는 것
이다.

　그런 것은 천마신의 호흡 여부와는 무관한 것이어서, 천마
신이 호흡을 하지 않는다고 하더라도 흡성대법의 요결 자체
에는 맥동이 녹아 있을 수밖에 없었다.

　그에 반해 강산의 흡능의 이치는 그러한 내가 수법의 근본
이치와는 확연히 다른 점이 있었다.

　이백쉰두 개의 관문이 끊임없이 교차하며 중단됨 없이 계
속적으로 흡기를 하는 것이다.

　그러니 결국은 천마신의 흡성대법이 흡의 단계일 때는 강
산이 진기를 빼앗겼다가, 반대로 천마신의 흡성대법이 호의
단계일 때는 오히려 강산이 천마신의 내공을 빼앗아오는 기

이한 현상이 벌어지고 있는 것이다.

물론 그렇다 하여도 결과가 달라지는 것은 아니었다.

절대적인 흡기 능력의 차이가 존재하는지라, 흡의 시기에 천마신이 강산에게서 빼앗아가는 진기의 양은 호의 시기에 강산이 흡능으로 되찾아오는 진기의 양보다 훨씬 더 많았다.

그러니 강산으로서는 파탄의 시기를 조금 더 연장할 수 있을 뿐이지, 시간이 흐르면 결국은 모든 진기를 빼앗기고 말 것이라는 데는 여전히 변함이 없는 것이다.

그저 궁여지책일 뿐이었다.

그러나 일단 당장의 절박한 지경을 면하여 정신을 추스른 덕분으로 강산은 그가 마지막으로 시도해 볼 수 있는 또 다른 방도 하나를 더 강구해 낼 수가 있었다.

4

쾅!

굉렬(轟烈)한 폭발이 강산의 내부를 뒤흔들었다.

그의 내부 각 관문들에 남아 있던 진기들이 한꺼번에 터져 나가는 순간이었다.

바로 발능(發能)이었다, 사력을 다한.

성공이었다.

천마신이 휘청하며 한 걸음을 밀려났고, 강산은 근 이 장여를 튕겨 나갔다.

순간적으로 머리가 휑해질 정도의 충격이 뒤따랐다.

그러나 강산은 촌각이라도 여유를 가질 수는 없었다.

"크아아아아!"

극도로 흥성이 폭발하였는지 천마신은 신전 안이 우르르 울릴 정도로 길게 포효하였다. 이어 빛살 같은 속도로 이 장의 거리를 한순간에 좁혀왔다.

구사일생으로 겨우 살아난 처지라 강산은 기겁하고 말았다.

콰악!

천마신의 강철 같은 두 팔이 강산을 몸통째 포악하게 움켜잡았다.

그러나 그가 움켜잡은 것은 미처 사라지지 못한 강산의 흐릿한 잔영(殘影)일 뿐이었다.

그 순간 강산의 내부에 남아 있는 진기는 원래에 비해 채이 할이 채 되지 않을 정도였다.

팔 할이 넘는 진기를 천마신에게 빼앗긴 것이다.

강산의 입장에서 그런 중에도 천만다행이라고 할 것은, 크게 격정했던 것과는 달리 그의 신법적(身法的) 능력은 이전과 크게 다를 바가 없다는 점이었다.

강산은 그것을 다만 천만다행이라고만 여겼지만, 그런 데는 그가 미처 알지 못하는 특별한 내력이 있었다.

바로 그의 금강부동신법의 진경(進境)이 이미 궁극 가까이
까지 달해 있는 덕분인 것이다.

그런 만큼 지금에 이르러 그의 금강부동신법은 내력의 강
하고 약함에 영향받는 단계를 뛰어넘어 그야말로 심의지경(心
意之境)에 도달해 가고 있는 중이었다.

5

신전 안에서는 희대의 추격전이 벌어지고 있었다.

"크아아!"

천마신은 이리 뛰고 저리 날며 강산을 뒤쫓고 있었다.

그러나 천마신이 아무리 고금 최강의 무적병기라 해도 강
산이 일단 거리를 벌린 이상, 그리고 부딪치지 않고 도망다니
고자 작정을 한 이상에는 그를 뒤쫓아 잡을 수는 없었다.

"크아아아아아!"

흥성을 참지 못한 천마신이 격하게 울부짖으며 사방으로
마구 강기를 날려댔다. 그 바람에,

와르릉!

쾅!

콰르릉!

콰아아아앙!

거세게 부딪치는 기류의 소용돌이.

자욱하게 휘날리는 먼지구름.

천 년 마교의 신성한 숨결이 깃든 천마신전은 일대 아수라장으로 변하고 있었다.

<h1 style="text-align:center">七十六
팔관통(八貫通)</h1>

1

　강산은 이제 제법 여유를 되찾고 있었다.

　그가 천마신에게 여유있게(?) 쫓겨 다니는 중에 당면한 난관을 타개할 방법을 얼마나 고민했을까?

　'어라?'

　강산은 문득 자신의 내부에서 또다시 무언가 묘한 일이 일어나고 있다는 것을 느끼게 되었다.

　그 묘한 일은 기실 벌써부터 일어나고 있었을 터이지만, 그는 이제야 불현듯 그것에 대해 깨닫게 되었던 것이다.

　내부의 각 관문들이 제각기 숨을 쉬고 있었다. 저마다 독립적으로, 너무도 부드럽고 조용하게.

그리고 그러한 호흡 중에 대기 속에 분포된 기를 미약하게나마 빨아들이는 느낌.

동시에 각 관문들에 아주 미미하게 미량의 기들이 조금씩 축적되어 가는 느낌.

'아아! 교류능(交流能)이다.'

그랬다.

그것은 바로 교류능이었다.

그때 칠관통(七貫通)을 이룬 직후에 찾아온 미묘한 현상, 즉 특별한 외부 자극이 없이도 이백쉰두 개의 관통된 관문이 스스로 신체 외부의 대기와 미묘한 소통 내지는 교류를 한다고 여겨 그것을 흡능의 또 다른 진화 단계로 보고서 가볍게 붙인 이름, 바로 교류능이었다.

사실은 그때 이후로 교류능은 끊임없이, 저절로 작용하고 있었다.

다만 그 느낌이란 것이 일부러 집중하고 있지 않으면 이내 무디어져서 느끼기 어려울 정도로 미미한 것이었기에 강산이 어느 순간 잊어버리고 있었을 뿐이다.

그런데 강산이 지금의 경황 중에 문득 교류능의 느낌을 감지하게 된 것은, 그 교류의 강도가 갑자기 확연할 정도로 활발해져 있었기 때문이다.

'어떻게 된 거지?'

강산이 자문(自問)하면서도 이내 그 원인을 추정해 볼 수가 있었다.

바로 천마신전 내부의 기(氣)의 밀도 때문일 것이었다.

지금 신전의 내부 전체는 천마신의 내공력이 미치는 힘과 기세의 범위 안에 온전히 놓여 있었다.

마치 소용돌이가 치듯이, 또는 파도가 치듯이 격렬하게 휘몰아치고 있는 뿌연 먼지구름의 장막. 그것은 또한 천마신의 무진장한 내공력으로부터 파생되어 나오는 기의 장막이기도 한 것이다.

강산의 교류능이 현저하게 강화된 것은 바로 그 때문이었다.

주변 대기와의 활발한 소통과 교류가 일어났고, 그럼으로써 각 관문에 축적되는 진기의 양이 빠르게 늘어난 것이다.

또한 늘어난 진기가 다시 교류능을 강화시키고, 다시 축적되는 진기의 양을 더욱 빠르게 증가시키고 하는 식의 선순환(善循環)을 거듭하고 있는 것이었다.

그럼으로써 상황은 참으로 기묘한 대역전을 일으키고 있었다.

중언(重言)하거니와, 강산의 교류능이 흡능과 다른 점은 단적으로 말해 직접 접촉하지 않고도 공간을 격한 상태에서 흡기가 가능하다는 것이 아닌가.

그러니 강산이 천마신에게 붙잡히지 않는 이상 천마신의 흡성대법은 무용지물일 뿐이지만, 상대적으로 강산의 교류능은 능히 흡기를 할 수 있는 것이다.

2

칠 할(七割)!

부지런히 도망다니는 중에 강산은 빼앗겼던 진기를 이미 칠 할 가까이나 되찾아왔다.

그는 점점 더 천마신과의 거리를 좁혀놓고 있었다.

위험을 감수하고라도 천마신에 가까이 근접해 있을수록 교류능이 더욱 활발하고도 강력해지기 때문이다.

구할(九割)!

진기가 열의 아홉가량이나 회복된 중에 강산은 위험한 곡예를 하듯이 점점 더 천마신과의 거리를 좁혀가고 있었다.

"크아악! 크아아악!"

잡힐 듯 잡힐 듯 바로 가까이에서 맴도는 강산에 대해 천마신은 대기를 찢어놓을 듯이 연신 포효성을 터뜨려 냈다.

츠츠츳!

츠츠츠츠츳!

마구 휘젓는 천마신의 손짓을 따라 거대한 강기의 소용돌이가 휘몰아쳤고,

파스슛!

파스스스슷!

그 소용돌이에 닿는 주변 사물들과 심지어는 신전의 대리석 벽까지 별다른 파괴음도 없이 뿌연 가루로 화해 부서지고, 혹은 깎여 나가고 있었다.

십 할(十割)!

강산이 드디어는 원래 자신의 진기를 모두 회복했다.

그리고 이제 처음과는 비교할 수 없으리만치 강력해진 그의 교류능은 이윽고 원래 자신의 것이 아닌, 천마신의 본신 내공력을 거세게 빨아들이기 시작했다.

그런 중에 강산은 마치 최면에라도 걸린 사람처럼 속으로,

'조금만 더! 조금만 더!'

를 외치며 천마신과의 거리를 스칠 듯이 아슬아슬한 상태로까지 더욱 좁혀들고 있었다.

그가 그처럼 극도의 위험을 감수하면서까지 천마신에게로 접근해 가고 있는 이유는, 사실 엉뚱하게도 관능적(官能的)인 데 있다고 할 수 있었다.

어느 순간 강산은,

"아아!"

하고 한가닥 희열에 가득 찬 탄성을 흘려내고 말았다.

그의 내부에서는 이제 차라리 익숙한, 그러면서도 매번 어쩔 수 없이 벅찬 희열을 느끼지 않을 수 없는 일이 일어나고

있었다.

툭!

투둑!

새로운 관문들이 돌파되고 있었다.

그리고 어느 순간 강산은 제자리에 우뚝 멈춰 섰다.

천마신의 바로 코앞이었다.

"크아아아!"

천마신이 거칠게 포효하며 틈을 놓치지 않고 강산의 양어깨를 틀어잡았다.

그리고 그 즉시로 천마신의 흡성대법이 작용하였다.

과아아아아!

그러나 강산은 빠져나가려는 조금의 시도도 없이 오히려 천마신의 양팔을 마주 움켜잡았다.

그럼으로써 흡성대법과 흡능, 아니, 교류능이 치열하게 격돌하였다.

상황은 처음과 많이 달랐다.

강산으로서도 벌어지는 상황을 보고서야 깨닫게 된 사실이지만, 그에게서는 지금 흡능과 교류능이 동시에 발휘되고 있는 중이었다.

흡기의 능력과 효율성에 있어서 흡능이 흡성대법에 대해 가지는 상대적 한계는 여전했다.

그러나 교류능은 확연히 달랐다.

물론 교류능이라고 해도 어차피 근원적으로는 흡능과 똑같은 이치로 작용하는 것이긴 하였다.

그러나 흡능이 흡성대법과 비슷하게 천마신과 직접 접촉하는 접점(接點)에 한해서 작용하는 것에 비해, 교류능은 천마신 자체를 하나의 기원(氣原)으로 인식하고 그 전체에 대해 작용을 한다는 점에서 확연한 차이가 있었다.

더욱이 강산의 교류능은 방금의 짧은 기간 동안에 참으로 놀라운 발전을 이루며 엄청나리 만큼 강력해진 상태였고, 지금 이 순간에도 순간순간 더욱 강력해지고 있는 중이었다.

콰아아아아아!

천마신으로부터 강산에게로 넘어 들어오는 진기의 흐름은 이제는 마치 둑 터진 거대한 강이 드넓은 평야로 범람해 드는 듯한 형세였다.

그것은 곧 천마신의 엄청난 내력과 독과 천인정기(千人精氣) 등의 모든 진기(眞氣)와 정수(精髓)가 고스란히 강산에게로 흡수되고 있다는 것이었다

그런 중에 다시,

투둑!

투두둑!

투두두둑!

하고 관문들의 돌파가 연이어지더니 어느 순간에는,

투두두둑!

투두두두두둑!

하고 맹렬히 휘몰아치듯이 단숨에 이십여 개의 관문이 일시에 관통되어 버렸다.

아아! 그것은 바로 팔관통(八貫通)의 순간이었다.

3

강산은 흠칫 정신을 추슬렀다.

팔관통의 희열에서 퍼뜩 깨어나는 참이었다.

그런데 그는 빈껍데기 하나를 안고 있었다.

그것이 바로 천마신이 남긴 흔적이라는 사실을 짐작하는 데는 크게 어려움이 없었는데, 한편으로 그것이 마지막까지도 형체를 보존하고 있다는 점에서 과연 천마신의 육신이 가히 금강불괴에 준하는 견고성에 달해 있었음에 대해 새삼 경탄하지 않을 수 없는 것이었다.

그러나 다음 순간,

파스스!

하는 가벼운 소리와 함께 천마신의 껍데기는 사라졌다.

대신 강산의 발아래 바닥에는 두어 줌의 고운 잿빛 가루가 소복이 쌓여 있었다.

발능(發能)이었다.

강산이 처음으로 발휘해 본 팔관통의 발능은 그처럼 가공

스러웠다.

4

그르르릉!

천마신전의 문이 열리고 있었다.

광장에 있던 모든 사람들의 시선이 극도의 긴장과 관심을 담고서 문 안쪽으로 집중되었다.

한 사람이 천천히 걸어나오고 있었다.

강산이었다.

"아!"

"아아!"

이강에게서, 노달에게서, 그리고 또 광장의 여기저기에서 제각각의 의미가 담긴 탄성과 경악과 또 탄식들이 흘러나왔다.

누구보다도 먼저 강산을 향해 달려간 것은 바로 선변이었다.

"조장님!"

금방 울음을 터뜨릴 듯이 울먹이는 소리로 외치며 달려간 선변이 곧장 강산의 품으로 뛰어들었다.

그에 강산이 사뭇 당황스럽게,

"어어?"

하며 주춤주춤 뒤로 물러서며 두 손을 내저었다.

그 난감한 몸짓의 와중에 강산이 힐끔 이강의 눈치를 보는 시늉이었기에 선변은 그만,

"호호호!"

하고 왈칵 웃음을 터뜨리고 말았다.

그 바람에 그녀의 두 눈 가득히 고여 있던 눈물이 그만 주르륵 뺨을 타고 흘러내리고 말았다.

그러나 선변은 개의치 않고 활짝 웃었다, 마음껏.

강산이 보니 선변의 얼굴이 아주 반쪽이 된 듯이 초췌하였기에 가만히 다가가 툭툭, 하고 그녀의 등을 가볍게 토닥여 주었다.

자세한 사정은 모르겠으되, 어찌 되었든 그녀의 초췌함은 바로 자신의 안위를 걱정한 때문이 아니겠는가.

그러나 잠시간 토닥거려 준 다음에는 슬쩍 그녀의 등을 밀었는데, 이강이 있는 쪽이었다.

아무리 그가 조장이라도 선변에 관한 한에는 아무래도 이강의 눈치를 먼저 보지 않을 수 없는 일인 것이다.

5

누군가 천마신전 안으로 신형을 쏘아갔다.

단애방이었다.

천마신전에서 나온 것이 천마신이 아닌 강산이란 사실에 대해서 믿을 수 없다는 듯이 한동안이나 멍하니 서 있던 그였다.

단애방의 뒤를 따라 또 한 사람이 천천히 신전을 향해 걸어 갔다.

노달이었다.

곧바로 뒤따를 듯이 이강이 몸을 움찔하였다.

그러나 그는 막상 걸음을 떼지는 않았다.

그런 이강을 향해 강산은 가만히 고개를 끄덕여 주었다.

이제 노달이 하려는 일이야말로 그가 지난 십여 년간 절치부심으로 염원해 온 일이었고, 그럼으로써 그가 홀로 해야만 하는 일이었다.

육대장로를 비롯한 마교도들 또한 누구도 동요하지 않았다.

광장에는 다만 무거운 침묵만이 흐를 뿐이었다.

그때,

그르르릉!

하는 육중한 소리와 함께 신전의 문이 다시 닫혔다.

6

그르르릉!

신전의 문이 다시 열린 것은 일각여가 흐른 뒤였다.

먼저 나온 것은 노달이었다.

그는 극도로 지치고 허탈한 모습이어서 잠깐 사이에 십 년은 더 늙어 보였다.

그리고 그의 뒤로는 아무도 나오지 않았다.

7

육대장로는 마교의 혼란을 최소화시키기 위해 발빠른 조치들을 단행했다.

즉시 진여송의 교주 위(位) 복귀를 선언하고, 그들부터 그의 앞에 허리 숙여 교주를 뵙는 예를 취하였다.

또한 이강에 대하여는 정식으로 마교 최고의 권위인 천마인의 주인을 뵙는 극진의 예와 경의를 표하고, 이제부터 마교의 참된 중흥(中興)을 이루어 나감에 있어 전 교도들의 중심이 되어줄 것을 간청하였다.

비록 이강에게 직접적으로 말을 하지는 않았지만 노달의 눈빛에도 육대장로들과 같은 바람이 짙게 녹아 있었다.

그로써 이강은 마교의 최고 권위로 탄생하였거니와, 장차의 주인으로서 인정을 받은 것이었다.

그것은 실로 간단한 의미가 아니었다.

마교가 원래의 성세를 되찾게 된다면 마교의 지존은 곧 천하마도의 지존이 되는 것이다.

비록 무벌이라는 사상최강의 문파가 현존하고 있지만, 기껏 수십 년의 빈약한 뿌리를 지닌 문파일 뿐이었다.

그러니 앞으로 십 년, 이십 년 뒤까지 무벌의 성세가 여전히 지금과 같으리라는 보장은 결코 없는 것이다.

그러나 그때의 마교는 분명 지금보다 나으리라.

마교의 천 년 저력이 그것을 보장하는 것이다. 그리고 이제 되찾은 마교의 자긍과 기상이 또한 그것을 보장하는 것이다. 무엇보다도 이강이라는 이 시대 최고 기재의 무한한 가능성이 그것을 보장하는 것이었다.

이강의 출세에 대해 선변은 제 일처럼 기뻐했다.

윤파 역시 이강의 어깨를 두드려 주었다. 사심없는 축하였다.

그러나 막상 이강 자신은 당황하고 혼란스러워하는 기색이 역력했다.

흔들리는 이강의 눈길이 노달에게서, 선변에게로, 다시 윤파에게로, 그리고 마지막으로 강산에게로 향하였다.

강산을 제외하고는 누구도 자신의 답답한 심정에 대해 제대로 이해하고, 또 객관적인 입장에서 충고해 줄 것 같지가 않아서였을까?

"저는… 저는 그저 잡조의 조원이고 싶습니다."

이강의 그 말은 명확하지 않고 모호하였다.

그러나 무언지 모를 호소를 담고 있는 듯하였다.

강산이 덤덤히 웃으며 말했다.

"어떤 게 가장 좋은 길인지 모르겠다면, 차라리 네가 원하는 대로 해! 그냥 너 편한 대로!"

참으로 쉽고도 편한 말이었다.

과연 강산이야말로 무엇에도 크게는 구애받지 않을 자유로움을 지닌 사람이구나 하는 생각을 하며 이강은 다시 불쑥 물었다.

"만약 조장님께서 제 처지라면 어떻게 하시겠습니까?"

강산이 가볍게 웃는 빛으로 이강의 눈을 잠시 직시하고 있다가,

"나라면?"

하고 반문하였다. 그리고,

"이건 그냥 나의 경우일 뿐이야?"

하고 짐짓 다짐을 두고 나서 다시 덧붙였다.

"난 말이야. 마교가 어떻고 교주가 어떻고 무슨 지존진인이 어쩌고 하는 얘기들엔 도대체가 편할 것 같지가 않아. 아마도 그런 것들과는 태생적으로 궁합이 안 맞는 모양이야."

강산이 이마를 찡긋하며 빙그레 웃어 보였으나 이강은 무표정으로 가만히 듣고만 있었다.

그에 계면쩍어진 강산이 짐짓 목소리를 높였다.

"그러니까 말이야. 누가 뭐라고 하든 넌 그냥 이강이라는

거지. 뭐가 어떻게 되든 누가 뭐라고 하든 넌 그대로 이강이
면 된다는 거야. 알겠어?"

그에 이강이 문득 무거운 표정을 거두고서 엷은 웃음기를
떠올리며,

"그렇군요. 저는 언제나 이강이 되면 되겠군요."

하고 대답하였다.

그것을 보고 노달이 쓰게 웃었다.

이강의 마음이 어느 쪽으로 결정되었는지 능히 짐작하였
기 때문이리라.

8

광장에 집결한 수많은 마교도들의 정중하고도 진심 어린
환송에 도순학은 내내 경이롭다는 기색을 감추지 못하였다.

그와 유정, 그리고 모걸은 그들을 기다리고 있던 기사들에
게서 선변의 전갈을 접하고서 세 대의 마차를 수습하여 전속
력으로 달려온 끝에, 조금 전에야 마교에 도착한 터였다.

그랬기에 대강의 얘기만 들었을 뿐, 상세한 전말을 들을 틈
도 없이 다시 강호를 향해 출발을 하게 된 것이었다.

노달은 마교에 남았다.

강산 일행이 떠나기 전 그는 이강에게,

"교 내에 정리할 일들이 태산 같으니 당장에는 몸을 뺄 수가 없다. 그러나 무너진 교의 자존을 되살리기 위해서는 무벌과의 관계부터 정리를 하지 않을 수 없으니 몇 가지 시급한 일들이 정리되는 대로 노부 또한 곧바로 네게로 갈 것이다."

하고 자신의 입장을 다시 한 번 설명한 다음에 특별히 당부를 덧붙였다.

"매사에 대해 능히 잘 처신하리라 믿는다만, 재삼 당부하거니와 부디 자중자애하여라! 너에 대한 교도들의 신심과 정성을 너 또한 모르지는 않겠지만, 너는 이제 결코 혼자가 아니란 사실을 명심 또 명심하여야 할 것이다."

七十七
무당(武當)

1

천하 정세는 급격히 격동치고 있었다.

마교에 정변이 일어났고, 전(前) 교주 진여송이 다시 교주로 복귀했다.

진여송은 복귀일성(復歸一聲)으로 무벌과의 관계 청산을 선포했다.

즉, 마교는 더 이상 무벌의 오대전(五大殿) 중 마전(魔殿)이 아니며, 나아가 그동안 무벌이 마교의 반도(叛徒) 단애방과 결탁하여 마교에 씻을 수 없는 수치와 굴욕을 안겨준 것에 대하여 반드시 그 책임을 묻겠다는 선포였다.

그에 대해 무벌에서도 즉각 진여송과 그의 추종 세력에 대한 응징을 공식 선언하고 나섰다.

무벌이 지목한 진여송의 추종 세력은 바로 잡조였다.

잡조는 무림인들 대부분에게 익숙한 이름은 아니었으나, 그들이 바로 잡기마차의 주인이라는 사실에서 무림인들에게 금세 익숙한 이름으로 받아들여졌다.

2

천하의 이목이 무당산으로 향하고 있었다.

잡기마차의 행로가 무당산으로 향하고 있기 때문이었다.

더욱이 어떤 경로를 통해서인지 잡기마차가 무당을 향하는 이유에 대한 소문이 빠르게 퍼져 나가고 있었다. 바로,

―잡기마차에 무당파의 깃발을 꽂게 해달라!

라는 요청을 잡기마차가 무당파에 대해 하려 한다는 소문이었다.

밑도 끝도 없이 황당한 소문이었다.

그러나 잡기마차의 지금까지의 행보가 있었기에 그것은 결코 황당하기만 한 소문은 아니었다.

잡기마차에는 이미 오대세가, 마고, 소림사, 해남파, 사해상단 등등의 쟁쟁한 깃발들이 꽂혀 있지 않는가?

물론 처음에는 그 깃발들이 필시 가짜일 것이라는 소문이 압도적이었다.

그러나 시간이 지나면서 점차 그 깃발들이 진짜라는 쪽으로 소문이 돌아섰다.

해당 깃발의 주인들에게로 수많은 질의와 의혹들이 쏟아진 것은 당연했다.

그러나 그러한 의혹에 대해 그들 중 어느 한 곳도 대답이나 해명은커녕 일절 언급조차 하지 않았다.

그러나 부정하지 않는다는 것 자체만으로도 어떤 경우에는 오히려 순순한 긍정보다도 더욱 강한 긍정이 되는 것이 아니겠는가?

3

무광 진인은 깊은 고민에 빠지지 않을 수 없었다.

무벌이 공개적으로 응징을 선포한 잡조가 무당산으로 오고 있었다. 온 천하의 이목이 집중되고 있는 가운데 말이다.

무당으로서는 졸지에 난감한 입장이 되지 않을 수 없는 일이었다.

상황은 간단하지가 않았다.

어쩌면 강호무림에 일 년 전의 무림대회 때와는 비교할 수 없는 거대한 폭풍이 휘몰아칠 조짐조차 있었다.

무림맹 차원에서 사해상단과 소림, 그리고 오대세가 등에게 이번 사태에 대한 입장 표명을 요구했고, 이미 들은 바가 있었다.

　사해상단은 잡조에, 아니, 총수 유직의 유일 혈육인 손녀에게 모든 것을 걸 태세였다.

　아니, 그 손녀에게 총수의 권한을 대행시키고 있으니 이미 모든 것을 건 것이나 마찬가지였다.

　일견 무모하기 짝이 없는 일이었다.

　그러나 그 무모한 결단이 바로 유직이라는 인물에게서 나왔다는 점은, 역설적으로 그 결단을 결코 무모하게만 볼 수는 없도록 만드는 데가 있었다.

　천하 상권의 대부인 유직이 상권 그 이상의 어떤 것을 위해 천하를 상대로 해서 벌이는 거대한 승부수일까?

　소림사의 경우에도 그 의지가 모호하기는 마찬가지였다.

　신승(神僧) 공공 선사(空空禪師)의 잡조에 대한 전폭적인 지지가 있었다는데, 그 사유가 무엇인지에 대해서는 소림 장문인 무혜 대사조차 자세히는 알 수 없다고 하니, 그 또한 도시 이해할 수 없는 사정이었다.

　그러나 어쨌든 소림사가, 더욱이 정도제일의 고인으로 추앙받는 공공 선사가 전폭적인 지지를 표했다는 것은 결코 단순히 생각할 문제가 아니었다.

　오대세가의 경우에는 잡조에 대해 조건부 지지를 하는 정도의 입장인 것 같았다.

　그러나 잡조가 이미 무림정사, 양도의 상징인 소림과 마교의 전폭적 지지를 받고 있고, 또한 점차 무림 천하의 태풍의 핵으로 떠오르고 있는 이상, 그동안 무림맹의 그늘에 가려 근 반백 년간 잠룡의 세월을 보내온 오대세가로서는 지금이야말로 마침내 무림 천하를 향해 자신들의 목소리를 낼 호기라고 판단할 가능성이 컸다.

그리고 또 한 가지의 전혀 예상치 못했던 변수는 바로 황실과의 연관성이었다.

즉, 유직의 손녀 유정이 황제의 권위를 대리하는 친림황패(親臨皇牌)를 지니고 있다는 사실과 더불어 개방의 정보망이 추가로 조사한 결과, 그녀가 바로 당금 황제의 누이가 되는 화정공주(花靜公主)의 혈육이라는 것이었다.

그렇다면 그녀는, 나아가 그녀가 스스로 속해 있는 잡조는 황실의 비호까지 받고 있을 가능성이 크다고 봐야만 하지 않겠는가?

무광 진인은 당연히 잡조에 대해 알고 있었다, 적어도 그들이 대단히 묘하고도 놀라운 인물들의 집합체라는 것을.

물론 일 년여 전의 그들이 지닌 묘함 내지는 놀라움이라는 것은, 그들이 평범하거나 평범 이하로 분류되어야 할 자들로서는 참으로 기대하기 어려운 수준의 능력 내지는 잠재력을 가지고 있다는 점에서의 묘함 내지는 놀라움이었다.

다시 말해 그들이 지닌 능력과 잠재력은 다만 그들의 근본이나 처지를 생각했을 때 놀라운 것이지 그것이 보다 커다란,

이를테면 천하 정세에 능히 어떤 영향을 미칠 만큼 대단하거나 혹은 그럴 만큼의 객관적 명분을 지니는 것은 결코 아니었었다.

그럼으로써 그들은 침묵해야만 했던 것이다.

손해를 보거나 혹은 희생까지도 감수해야만 했던 것이다. 보다 크고 중요한 대의명분을 위해. 더 많은 사람들의 안위와 이익을 위해. 천하를 위해.

그런데 지금 상황은 크게 변했다.

적어도 그들은 이제 무조건 침묵해야 하고, 손해를 보아야 하고, 희생을 감수해야만 하는 입장은 아니었다.

사해상단의 재력.

마교와 소림과 보타암이라는, 적어도 상징적으로는 무림의 정사양도를 대표하는 문파들의 지지.

개방을 통해 이미 파악이 된 상황이지만 하오문이라는 거대 신흥 정보 조직의 뒷받침.

거기에다 황실의 비호.

그들이 지닌 힘과 능력은 일 년 전 그때와는 비교조차 할 수 없이 거대해진 것이다.

무림맹으로서도 이제는 그들에게 일방적으로 무엇을 강요할 입장은 아니게 된 것이다.

일방적인 강요는커녕 같은 편에 설지, 아니면 반대편에 설지를 선택해야만 하는 입장이 된 것은 아닐까?

'무당파의 깃발을 꽂게 해달라!'

그것이 무엇을 의미하는지 아직까지는 구체적으로 짐작하기가 어려웠다.

그러나 아마도 그들은 명분을 만들어가고 있는 중일 것이다. 그들이 궁극적으로 이루려고 하는 목표를 위한 명분.

무당에게, 나아가 무림맹에게, 그동안 무벌과 누려왔던 천하 양분의 밀월 시대를 끝내라는 요구일까?

나아가 그들 자신이 중심이 되는 새로운 형태의 동맹을 이루려는 시도일까?

'아아! 무림에 거대한 풍운이 닥치고 있는 것인가?

뇌리 깊숙한 곳에서 문득 비집고 올라오는 한가닥 예감에 무광 진인은 가늘게 전율하고 말았다.

4

잡기마차가 무당파의 산문 앞에 도착했을 때 마중을 나온 것은 무당오자(武當五子) 중 무장자(憮暲子)였다.

무장자는 당대의 무당을 대표하는 고수 중 한 사람으로, 장로의 신분이며 또한 유정 등과 과거의 면식이 없지 않으니 비례(非禮)라고 할 것은 아니었다.

그러나 유정과 강산 일행이 접객관(接客館)에 처소를 정하

여 짐을 풀고 나서도 무광 진인이 얼굴을 비치지 않았을 뿐
아니라, 서천(西天)에 아직 해가 한참이나 남았는데도 시간이
늦었음을 핑계 삼아 아예 면담을 다음날로 미룬 처사는 아무
래도 지나친 데가 있다고 하지 않을 수 없었다.

무광 진인은 아직도 최종결정을 내리지 못하고 있었다.

잡조에게 깃발을 내줄 것인지, 아니면 거절할 것인지.

세상의 이치가 대개는 호부(好否)의 양면을 함께 가지고 있
듯이, 이번 일 또한 위기이기도 하고 한편 기회이기도 하였
다. 무당에게, 그리고 무림맹에게도.

5

이강은 늦은 밤 달빛이 고요히 내려앉은 접객관의 정원을
홀로 거닐고 있었다.

지금 그의 심정은 일 년 전 이곳에 왔을 때와는 사뭇 달랐
다.

그때 그의 심정이 긴장과 당황, 분노와 원망, 슬픔과 아픔,
그리고 절망과 체념으로 가득 차 있었다면, 지금은 차라리 담
담하였다.

체념이 아닌 담담한 심정으로 눈에 닿는 모든 것들과 그리
고 눈에 닿지 않는 곳까지의 정겹고 눈물겨운 광경과 추억들
을 가만히 담고 쓰다듬을 수 있었다.

한때 그를 거부하기만 하던 무당의 풍광과 산천은 더 이상 그를 밀어내고 배척하지 않았다.

아니, 무당은 언제나 그대로였다.

다만 그 스스로가 거부하고 밀어내고 배척해 왔던 것이리라.

비록 담담하게 받아들이고 있다고는 하지만 이강은 여전히 무당의 품에 온전히 안기지는 못하고 있었다.

다만 손님의 입장으로 적당한 거리를 둔 채 어색하게 서 있을 뿐이었다.

'아아! 나만이 변한 것일까? 나는 어떻게 변해 있는 것일까? 또 어떻게 변해가고 있는 것일까?'

스스로에게 그런 질문을 던져 놓고 이강은 그만 막막한 심정이 되고 말았다.

그때였다.

"무당산의 풍광은 언제 보아도 황홀하지 않느냐?"

옆쪽의 나무 그늘에서 누군가 걸어나오며 불쑥 던지는 말에 이강은 급히 그쪽으로 돌아섰다.

그러나 그리 놀란 기색은 아니었다.

진작부터 누군가 거기에 있었으며, 또한 그가 누구인지 알고 있던 듯한 기색이었다.

6

나란히 선 두 사람.

원지룡과 이강은 한동안이나 말이 없었다.

이강은 기왕에 던져 놓은 원지룡의 물음에 굳이 대답을 하지 않았고, 원지룡 또한 다시 입을 열지는 않았다.

두 사람은 달빛에 아련하게 잠겨 있는 무당의 산천을 바라보고 있었다.

그 흐릿하고 아련한 허공 어딘가에서 둘의 시선이 얽혀 무언의 대화를 나누고 있는 것인가.

어느 순간 이강이,

"이 검… 이제 돌려 드리겠습니다."

하고 어렵사리 입을 뗐다. 이어 그가 허리에서 조심스럽게 풀어내 정중하게 내미는 것은 바로 청홍검이었다.

태청, 청명과 함께 무당이 자랑하는 삼대보검 중 하나이자, 그것을 찬다는 것이 바로 무당의 장문제자임을 상징하는 바로 그 검.

원지룡은 이강이 내민 검을 잠시간 물끄러미 바라만 보고 있었다.

그러다 이윽고 검을 받아 들고는 엄지손가락으로 가볍게 검자루를 밀어 올렸다.

스르릉!

검집에서 검인(劍刃)이 빠져나오는 경쾌하면서도 맑은 소리, 그리고 서늘한 검의 기운이 일시 주위의 대기로 번졌다.

"좋지 않으냐?"

원지룡이 문득 물었다. 애매한 물음이었다.

그러나 검집에서 한 뼘 정도 빠져나온 검신(劍身)이 월광에 반사되어 은은히 빛나고 있었기에 이강은 천천히 고개를 끄덕였다.

원지룡이 빙그레 웃으며 다시 말했다.

"그때 이 검을 네게 주면서 말했었다. 치욕으로 남겨두고 훗날 당당하게 내 손으로 다시 찾으려 했는데, 네가 베풀지 않아도 좋을 성의를 베풀었다고. 그러나 기왕에 나 대신 검을 취하였으니 네게 청홍검을 빌려주는 것으로 하겠다고."

원지룡이 잠시 말을 멈추었다. 그러나 이강이 묵묵한 채로만 있었기에 그는 다시 말을 이었다.

"이 검, 청홍이 결코 패배자의 검이 되어서는 아니 된다는 것은 너도 잘 알고 있을 것이다. 나는 아직까지 내 마음에서 패배의 흔적을 완전히는 지워내지 못했다. 그러니 나는 아직 이 검을 돌려받을 수 없다."

그에 이강이,

"대사형!"

하고 불렀다. 나직하나 힘이 들어간 목소리였다.

그러나 원지룡은 가볍게 웃으며 이강의 말을 가로챘다.

"훗! 그때도 그랬지만, 다시 들어도 너의 그 말은 참으로 든

기가 좋구나."

"……."

"좀 더 가지고 있거라! 내게 다시 자격이 생기거나 혹은 그 전에라도 네가 패배자가 되었다고 여기는 때가 온다면, 그때 내게 다시 돌려주면 될 일이다. 그러나 나는 네가 결코 패하지 않는 사람이 되기를 바란다. 무당의 인물 중에 누군가 한 사람쯤은 진정 무적이기를 바라는 것이다."

그 말에 이강이,

"저는……."

하고 사뭇 격동된 기색이 되어 다시 말을 꺼내려는데, 원지룡이 담담한 중에도 단호하게 말을 끊었다.

"네가 무당의 사람이 아니라고 말하려는 것이라면, 이제부터 너는 결코 그리 말해선 안 된다. 너는, 그리고 나 또한 태어날 때부터 무당의 사람이었다. 그것은 너와 내가 선택해서 된 일은 아니었다. 우리에게 주어진 운명이었던 것이다. 마찬가지로 기왕에 무당의 사람이 된 이상에는 어느 순간 힘겹다고 하더라도, 설령 무당이 배신하고 밀어낸다고 하더라도 우리는 그 운명을 결코 벗어던질 수 없는 것이다. 또한 우리의 임의대로 벗어던질 수 있는 것도 아닌 것이다."

이강의 얼굴에 일련의 격한 감정들이 스쳐 지나갔다.

그러나 그는 이내 애써 감정을 추스르는 모습이었다.

한동안의 침묵이 흐른 후, 원지룡이 다시 입을 열었다.

"그때 사천에서의 일 이후로 나는 나 자신과 무당에 대해 차분히 돌아볼 시간을 가졌고, 덕분에 많은 것들에 대해 새로운 관점을 가져 볼 수 있었다. 그중에는 너와 무행자(憮行子) 사숙에 관한 일도 포함되어 있다."

순간 이강의 얼굴이 멈칫 굳어들며 그의 어깨가 부르르 떨렸다. 이어 그는 사뭇 격앙된 어조를 뱉어냈다.

"더는 말씀하지 마십시오. 사형께서 새롭게 가지게 되었다는 그 관점이 어떤 것이라고 할지라도 이미 돌이킬 수 없는 일입니다. 만약에……"

이강이 심중의 격동을 참기 어려운지 잠시 말을 끊었다가 다시 이었다.

"돌이킬 수 있다고 한들, 지금에 와서 달라질 것이 무엇이겠습니까? 제 사부님은 이미 이 세상에 계시지 않는데 그 한(恨)을 어찌 풀어드릴 수 있을 것이며, 또한 그 한과 어떤 형태로든 결코 무관할 수 없는 지금의 장문인과 원로들의 입장은 어떻게 되는 것이며, 나아가 모든 무당 제자들이 겪을 혼란은 또 어떻게 할 것입니까?"

원지룡이 가만히 고개를 가로저으며 답했다.

"지금 내가 하고자 하는 말이 사문의 존장(尊長)에 대한 무례와 나아가 배덕(背德)이 될 수 있다는 것을 안다. 그러나 이것은 존장에 대한 무례와 배덕의 문제 이전에 무당의 근간을 바로 세우는 일이라고 믿는다. 그러기에 나는 감히 말할 수 있다."

원지룡의 단호한 어조에는 진정이 어려 있었다.

"내 생각은 이렇다. 네게는 사부가 되시고 내게는 대사숙이 되시는 무행자 사숙에 대한 당시의 처분에는, 당시 무당이 직면했던 극심한 혼란과 당황을 시급히 수습하여야만 한다는 상황적 절실함에 쫓긴 나머지 지나치게 정황적 타당성에만 치중한 측면이 분명히 있었다. 그런 탓에 명료하지 않으며 부실하게 처리된 부분이 있었음을 직시하지 않을 수 없다."

그 뜻밖의 말에 이강이 멍한 기색이 되어 있다가 자신도 모르게,

"대사형!"

하고 나직이 소리쳤다. 그 외침에는 다급하고도 안타까운 기색이 섞여 있었다.

원지룡은 이강의 안타까움이 무엇에 대한 것인지 짐작한다는 듯이 오히려 희미한 미소를 떠올렸다. 그리고 다시,

"결론적으로……."

하고 말을 이으려 하다가는 문득 흠칫하는 기색으로 허공의 한편으로 퍼뜩 시선을 주었다.

그러나 원지룡은 이내 지그시 입술을 한 번 깨물고는 말을 계속했다.

"당시의 처분이 그리되어서는 안 되는 것이었다. 적어도

그렇게 성급하고도 명료하지 않게 처리되어서는 결코 안 되는 일이었다.”

원지룡은 잠시 말을 멈추고 허공에다 깊숙하고도 힘있는 시선을 주었다. 그리고 다시 말을 이었다.

“설령 대사숙께 분명한 죄가 있었다고 해도 그 죄는 다만 그분의 죄로 끝났어야만 했다. 아무것도 알지 못하는 어린 너까지 파문시킨 것은 무당이 결코 해서는 안 될 잔인한 처사였고, 또한 분명히 잘못된 처사였다.”

이강은 두 눈을 부릅떴다.

원지룡은 지금 참으로 위험한 발언을 쏟아내고 있었다.

무당의 장문제자로서의 지위뿐만 아니라, 이강 자신과 마찬가지로 그 또한 파문을 당할 것까지를 각오해야 할 정도로 위험한 발언이었다.

이강은 그것이 안타까웠다, 너무나도.

가만히 이강과 시선을 마주하고 있던 원지룡이 문득 물었다.

“무당을 원망하느냐?”

담담한 물음이었다. 그랬기에 이강이 또한 문득 담담한 빛으로 돌아오며,

“그랬었습니다, 오랫동안.”

하고 차분하게 대답했다. 그에 원지룡은 가볍게 웃음을 보였다.

"훗! 다행이구나!"

이강이 묵묵히 바라보자 원지룡이 다시금 빙그레 미소를 떠올리며 물었다.

"나는 방금 너의 그 말에 대해 오랫동안 원망하였으나 지금은 그렇지 않다는 뜻으로 들었는데, 혹시 내가 잘못 이해한 것이냐?"

그에 이강이 희미한 웃음기를 떠올리며 대답했다.

"아닙니다. 사실입니다. 일 년 전 사천에서 대사형을 만난 이후로 저는 무당에 대한 원망을 버렸습니다."

"하하하! 꼭 나 때문이라는 듯이 들리는구나! 어쨌거나 듣기에 참으로 기분 좋은 말이다."

원지룡의 웃음소리가 유쾌하였다.

이강의 마음도 따라서 유쾌해졌다.

마음이 통하는 느낌이었다. 두 사람 사이에 커다란 공감대가 연결된 것 같았다.

'무엇일까?'

이강은 무심히 의문을 가졌다가 흠칫 놀라고 말았다.

그것은 바로 무당이었다.

바로 무당이라는 뿌리의 공감대였다.

자신에게 어떻게 그런 뿌리의 공감대가 가능한지 이강은 알 수가 없었다. 믿기지도 않았다.

그러나 비록 당혹스러웠지만 나쁜 느낌은 결코 아니었다.

좋았다. 그리고 이내 시리도록 뿌듯해졌다.

그때 원지룡이 천천한 어조로 다시 말을 꺼내고 있었다.

"스스로 생각하기에도 나는 무당의 장문제자로서의 자질과 자격이 많이 부족한 사람이다. 그러니 언제라도 계기만 된다면 현재의 신분에서 물러날 각오가 되어 있다. 더욱이… 후후! 다분히 불순한 생각들을 가지고 있으며 이제 그것을 입 밖으로까지 냈으니 단순히 장문제자의 신분에서 물러나는 정도로는 크게 부족하여 기사멸조의 죄를 추궁받게 된다 할지라도 변명할 여지가 조금도 없을 것이다. 그러나 그런 경우에도 나는 나의 그런 생각들에 대해 조금도 부정하거나 변명할 생각이 없다. 하하하! 어떠냐, 그리되면 너와 나는 그야말로 같은 처지가 되는 것이 아니겠느냐?"

이강이 잔뜩 찌푸린 채 목소리를 높였다.

"이제 그만하십시오! 무당의 제자들 중에 대사형보다 뛰어난 자질과 합당한 자격을 갖춘 사람이 없다는 것은 천하가 다 아는 사실입니다. 그리고 장문인을 비롯하여 무당의 모든 문인들이 대사형께 걸고 있는 기대가 어떠하다는 것을 모르지 않는다면, 대사형께서는 농담으로라도 그런 말씀을 해서는 안 되는 것입니다."

원지룡이 문득 정색을 지으며 물었다.

"지금 너의 그 말은 무당을 위해서 하는 말이냐?"

그것이 미처 생각지 못한 문제였던 듯이 이강은 바로 대답하지 못하고 잠시 생각한 끝에 천천히 대답했다.

"한때 무당에 대한 원망이 사무쳤을 때도 무당이 잘못되기를 바란 적은 단 한 번도 없었습니다. 대사형께서도 말씀하셨다시피 무당은 제가 태어나고 자란 곳입니다. 비록 다시 돌아오지 못한다고 해도 제게는 영원한 고향인 것입니다."

"그렇다. 나 또한 그렇게 생각한다. 바로 그런 의미에서 내가 장문제자의 신분에서 벗어나 다만 산문을 지키고 공양을 준비하는 일을 맡게 된다고 하더라도, 또 혹은 너와 같이 파문제자의 처지가 된다고 하더라도 내가, 그리고 네가 그렇게 생각하는 한에는, 우리는 여전히 무당의 제자인 것이다. 영원히 무당의 제자일 수밖에 없는 것이다."

순간 이강은 원지룡의 얼굴이 환하게 빛난다는 상상을 했다. 그리고 원지룡의 두 눈에서 시선을 비킬 수가 없었다.

그것은 열정이었다.

"네가 나의 자질과 자격에 대해 과분한 말을 해주었으나, 사실 내가 모자란다는 것을 모르는 사람은 없을 것이다. 그러나 그것이 문제가 될 것은 없다. 바로 네가 있으니 말이다. 무당에는 나보다 백배 더 뛰어난 네가 있으니 말이다."

"대사형?"

"하하하! 어떠냐? 비록 지금 당장에는 모든 사람들의 반대와 배척을 받는다고 하더라도, 나와 너, 둘이서 한번 시작해보지 않겠느냐? 아주 작은 것부터라도 잘못된 것은 바로잡아

나가며, 아주 조금씩이라도 보다 나은 쪽으로의 변화를 이루어가서 언젠가는 이윽고 가장 위대한 무당을 만들어보지 않으려느냐? 무당에 대한 너와 나의 진심이 굳건하기만 하다면 언젠가는 마침내 그런 날이 오지 않겠느냐?"

"음!"

이강은 결국 깊은 침음성을 흘리고 말았다. 이어 그는 다시,

"아아!"

하고 길게 탄식하였다.

원지룡의 진심이 절절하게 느껴졌다.

원지룡의 생각이 옳든 그르든, 혹은 그것이 다만 그의 입장에서만 하는 일방적인 말일지라도 한 사내의 절절한 진심이 뜨겁게 전해져 오는 것이었다.

그 자신보다는 무당을 위해 바치는 진심의 충정이었다.

물론 이강에게 무당은 원지룡만큼 절절한 충정의 대상이 될 수는 없었다.

그렇게 되기에는 지난 십여 년간 이강 자신이 살아온 삶의 질곡이 너무도 거칠고 험하였다.

원지룡이 살아왔을 그 세월과는 너무도 다른 것이다.

그러나 이강 자신에게도 무당은 역시 소중하지 않을 수 없었다.

비록 그에게 처절한 눈물과 지독한 원망을 주었지만 이제

와 문득 깨달아지는 것은, 어떤 대상에 대해 사람이 가지는 애증(愛憎)은 결코 칼로 자르듯이 분명히 구분이 될 수는 없다는 것이었다.

원망은 원망이고, 그런 중에 다시 소중한 것은 또 소중한 것이었다.

사람의 마음이란 것은 참으로 이상해서, 그런 극단적인 것들이 동시에 공존할 수도 있는 것이다.

7

"고이~얀 놈!"

무겁기 이를 데 없는 그 한마디의 호통은 희미한 허공 저편을 와르르 무너뜨리며 삼엄하게 치달려왔다.

그러나 그 느닷없는 일갈에 대해 원지룡은 크게 놀라지 않는 기색이었다.

이강 또한 놀라지 않았다.

그것이 바로 무광 진인의 호통이었음에도.

七十八
혜검(慧劍)

1

아침을 먹고 나서 얼마 되지 않아 무광 진인을 필두로 대거 접객관으로 들어서는 무당의 명숙들을 보고, 그 이른 행차에 대해 선변은 자못 심통스러운 심정이었다.

그러나 그녀는 곧 다시 의아한 심정이 되고 말았다.

'뭐지, 이 엉뚱한 분위기는?'

어젯밤만 해도 정중한 환대 속에서도 무언지 모르게 껄끄럽고 불편해하는 분위기였는데 하룻밤 새 무당 사람들의 분위기는 표시 나게 바뀌어 있었다.

무광 진인을 비롯한 무당 명숙들의 얼굴에 저마다 은은하게 화기(和氣)가 돌고 있었다.

훈훈하다고 할까, 온화하다고 할까?

선변이 더욱 고개를 갸우뚱할 수밖에 없는 것은, 그런 엉뚱함의 중심에 왠지 모르게 이강이 있는 것 같다는 느낌이 드는 때문이었다.

그러고 보니 이강의 얼굴에도 까닭 모를 약간의 홍조가 떠올라 있었다.

선변이 아무리 눈치가 빠르다고 해도 어젯밤에 일어난 그 일련의 위대한 화해에 대해서까지 알 수는 없는 일이었다.

원지룡과 이강은 서로에 대해 마음을 열었다.

그럼으로써 무당에 대한 이강의 마음이 열렸고, 또한 이강에 대한 무당의 마음이 열렸다.

그런 데는 원지룡의 절절한 호소가 있었다.

보다 크고 넓은, 그리고 진정한 무당을 위한 사부 무광 진인의 포용과 관용, 그리고 결단을 바라는 눈물의 호소.

무광 진인은 결국 결단을 내리지 않을 수 없었다.

그는 이미 늙었고, 무당은 이제 그의 시대를 넘어 젊은 제자의 시대로 넘어가야 할 시점에 임박해 있었으므로.

무엇보다도 그 역시 누구 못지않게 무당을 사랑하고 있었으므로.

무광 진인은 이강의 사부이자 그의 사형이었던 무행자에 대한 당시의 처분이 조급하고도 무리하게 처리된 부분이 있다는 원지룡의 의견을 받아들였다.

뿐만 아니라 그를 포함한 당시의 무당 수뇌부에게 비록 무당을 위한다는 일념이었다고는 하더라도, 어쨌든 결코 미화할 수 없는 인간적인 야망과 욕심이 개재된 부분이 있었다는 점을 솔직히 인정했다.

이강은 무광 진인에 대해 공감까지는 아니더라도 애써 이해할 수는 있었다, 과거 그가 행했던 행위의 옳고 그름을 구분하기 이전에 그 또한 무당의 사람이라는 데 대해. 이강 자신이나 원지룡과 마찬가지로.

무광 진인은 무당 장문인으로서 무행자의 명예 회복과 이강에 대한 파문을 철회하겠다고 선언했다.

이강은 깊이 읍하며 사부 무행자의 명예 회복에 대해 감사를 표했다. 그러나 정작으로 자신에 대한 조치에 대해서는 아무런 언급도 하지 않았다.

그에 대해 원지룡과 무광 진인은 크게 안타까워했다.

그러나 그들은 이강에 대해 더 이상 바랄 수 없었다.

그를 버린 것은 무당의 일방적인 결정이었지만 이제 다시 무당으로 돌아오는 것은 어디까지나 이강의 뜻에 달린 것이었으니까.

2

'돌아가기에는 너무 멀리 와버렸다.'

지난 밤새 고민한 끝에 이강이 마침내 도달한 결론이었다.

그리고 그는 한 가지의 결심을 했다.

그 결심의 실행은 공개적으로 할 필요가 있었다.

공개적일 때에만 그것이 가지는 상징성이 제대로 발현되리라는 생각이었다.

"제가 사부님으로부터 한 가지 검결을 전수받았다는 것에 대해서는 전일(前日)에도 한번 말씀을 드린 적이 있습니다."

가볍게 읍하며 하는 이강의 말에 대해 무광 진인은 언뜻 엷은 홍조를 떠올렸다.

어젯밤의 일로 그는 이강이 무당의 사람일 수밖에 없다는 확신을 가질 수 있었다.

비록 이강이 무당으로 돌아오겠다는 의사를 밝힌 것은 아니지만 말이다.

이강이 무당과는 무관한, 혹은 오히려 적대적일 수밖에 없는 외인(外人)이라고 생각할 때와 일단 그를 무당의 사람이라고 생각한 다음의 차이는 컸다.

다만 생각 하나의 차이임에도 불구하고 무광 진인은 이강에 대해 포용과 관용의 마음을 가지게 된 것이다.

무당의 장문인으로서 무당의 사람에게 당연히 가져야만 하고, 또 저절로 가질 수밖에 없는 그런 관용 말이다.

그런 점에서 그가 지난날 이강에 대해 가졌던 강한 부정(否

定)과 무조건적인 배척, 그리고 억지와 무리에 대한 후회와
자책이 없을 수는 없었다.

그런 후회와 자책은 지금 이강이 꺼낸 서두(序頭)에서 그가
말하고자 하는 것이 무엇인지 대강의 짐작이 되기에 더욱 커
지는 것이었다.

무광 진인의 홍조는 바로 그런 때문이었다.

"당시 사부님은 그 검결이 어떤 것이라고 분명히 말씀하시
지 않았으나 그동안 여러 정황들을 겪으면서 생각해 보았을
때, 그것이 태극혜검(太極慧劍)의 요결(要訣)일 것이라는 판단
하게 되었습니다. 그리고 어찌 되었든 그것이 본래 무당의 것
임은 분명한 사실이니 저는 이제 그 검결을 무당에 되돌려주
려 합니다."

이어진 이강의 말에 장중에서는,

"아!"

"아아!"

하고 몇 마디의 탄성들이 새어 나왔다.

그중에는 선변이 뱉은 탄식도 있었는데, 감탄이라기보다
는 놀람에 이어 잔뜩 불만의 의미가 녹아 있었다.

그러나 감히 그녀가 불쑥 끼어들 계제는 아니었는데 마침
그때 이강이,

"그러나 다만 제가 전수받은 검결 자체를 돌려 드릴 뿐, 그
동안 제 나름으로 얻은 깨달음에 대해서는 되돌려 드릴 수가

없습니다."

하고 말을 덧붙였기에 선변은 이내 안도하는 기색이 되었다.

그런 중에 선변의 뇌리에서는 빠르게 손익이 따져지고 있는 중이었다.

그것은 제법 앙큼한(?) 계산이었다.

태극혜검이 괜히 무상검(無上劍)이라 불리겠는가?

괜히 무당의 꿈이요, 자부요, 상징이라 불리겠는가?

무당 시조(武當始祖) 이후 그것을 완성한 이가 아무도 없다는 태극혜검이다.

그러니 다만 검결을 돌려준다 해도 그 검결만으로는 무당의 누구도, 당대뿐만이 아니라 후대에도 얼마나 세월이 더 흘러야 태극혜검을 얻는 자가 다시 나올지 기약하기 어려운 일이 아니겠는가?

즉, 이강의 깨달음이 포함되지 않은 태극혜검의 검결은 무당에 무용지물일 뿐이며, 실질적인 이득없는 명목일 뿐이라는 계산이었다.

물론 이강의 순후한 성품으로야 그런 계산이 조금이라도 있을 리 없겠지만, 무당으로서는 그 얼마나 속이 탈 것인가?

어쩌면 그것이야말로 그동안 이강이 무당으로부터 당했던 배척과 능멸, 그리고 시련에 대한 얼마간의 보복이 되리라는 생각이었다.

그러나 어쨌든 무당의 가장 큰 보물을 다시 무당으로 돌려주는 셈이니 이강의 입장에서는, 덩달아 잡조의 입장에서도 무당으로부터 얻어낼 수 있는 대가는 결코 작지 않을 것이다.

"아!"

"음!"

안타까움과 실망의 기색이 완연히 녹아 있는 몇 마디의 탄식 속에, 무광 진인 또한 내색하지 않으려 애쓰는 중에 실망하는 기색을 아주 감추지는 못하였다.

3

접객관 앞의 마당 한가운데로 가서 선 이강은 천천히 검을 뽑았다.

스르릉!

특유의 맑고 청명한 울음소리를 토해내며 청홍검이 은은한 검광을 뿌려냈다.

검은 중단세(中段勢)를 취하는가 했더니 끊어짐없이 부드럽게 허공을 유영하기 시작했다.

차라랑!

차라라랑!

그 유영에서는 검의 울림이라든가 바람을 가르는 소리라고 하기에는 너무도 맑고 그윽한 소리가 은은히 울려 나왔다.

그러나 처음에 잔뜩 기대에 찼던 몇몇 사람들의 눈빛에는
이내 의아함과 함께 실망의 기색이 떠올랐다.

무장자(憮暲子)를 비롯하여 이강이 검을 펼치는 모습을 처
음으로 견식하는 사람들이었다.

이강이 펼쳐 내고 있는 검초들 중 무당 명숙들에게 익숙하
지 않은 검초는 없었다.

삼재검법과 유운검법, 그리고 몇 가지 다른 것들이 섞여 있
었으나 그것들 모두는 무당의 입문 검법에 속하는 기초의 검
초들이었다.

더욱이 그나마도 완전한 형태의 초식이 아니었다.

부분부분을 절취하고, 약간씩 변형시키고, 혹은 서로 혼합
하거나 원용하여 나름대로는 다른 형태를 만들어낸 것들이었
다.

"후우~"

원지룡은 자신도 모르게 가느다란 한숨을 불어 내쉬었다.
새삼 숫구치는 이강에 대한 측은지심 때문이었다.

무당 시조 이래 처음이라 할 만큼 태극혜검의 놀라운 경지
에 도달한 절대기재가 저런 기초의 검초밖에 펼칠 수 없다니!

그나마도 완전한 형태로 펼쳐 내지조차 못하고 애써 변형
시킨 것으로 펼쳐 낼 수밖에 없다니!

그러한 형편에서 그동안 이강이 파문제자의 굴레를 쓰고
겪어왔을 고난과 설움과 절박함을 능히 짐작해 볼 수 있을 것

같았다.

사라랑!

사라라라랑!

어느 순간부터 이강의 검이 움직이는 공간을 따라서는 은은한 백광(白光)의 무리와도 같은 기이한 검광이 일렁이며 번져 나가고 있었다.

그제야 잠시 의아함과 실망의 기색을 떠올렸던 몇몇 무당의 명숙들은 이강이 그들에게 보여주려 하는 것이, 그리고 그들이 주목해서 봐야 할 것이 단순히 초식 따위가 아님을 불현듯 깨달았다.

이강의 검이 만들어내고 있는 궤적은 가볍고 단순하기만 했지만 그 궤적을 따라서는 어떤 무형의 강력한 검력이 작용하고 있다는 것을 이제는 누구라도 느낄 수가 있었다.

누군가 홀린 듯이 나직한 외침을 토해냈다.

"아아! 태극혜검이다!"

바로 그때였다.

이강의 검이 만들어낸 백광의 무리 중으로 다시 한 무리의 신비스러운 오광(烏光)의 묵기(墨氣)가 비쳤는데, 그것을 보고 누군가는,

"아!"

하고 짧은 외침을 뱉어내고 말았다.

결코 탄성이 아닌 무겁고도 안타깝기 이를 데 없는 탄식이

었다.

이강이 청홍검을 거두어들이며 무광 진인과 좌중을 향해 정중히 포권을 취해 보였다.

한바탕의 시연(試演)에도 불구하고 그는 호흡 하나 흐트러지지 않은 차분한 모습이었다.

이강이 담담하게 입을 열었다.

"이 검결의 성취 단계는 우선 소혜(小慧)와 중혜(中慧), 그리고 대혜(大慧)의 삼 단계로 나뉘고, 그 이후에 다시 태혜(太慧)와 태극혜(太極慧)의 두 단계로 나뉘어 모두 합하여서는 다섯 단계로 나뉘는데, 저의 경우 태혜의 단계까지는 어찌어찌 겨우 올랐으나 더 이상의 진전이 없이 정체되어 있는 중입니다."

그것이 무당의 상징이라는 태극혜검에 관한 얘기였지만 무당의 명숙들로서도 처음으로 들어보는 내용이었다.

그러나 무광 진인은 천천히 고개를 끄덕였다.

"자네의 그런 성취만으로도 시조 이래로 본 파에 유래가 없는 성취이자 경사일세. 더욱이 자네는 이제 약관의 나이에 불과하니 오래지 않아 대성의 경지에 이르게 될 것이 분명하네!"

선변은 새삼 의아한 심정이 되지 않을 수 없었다.

격려라니?

그것도 그저 인사치레나 시늉이 아닌 진심의 격려라니?

대체 무엇이 무광 진인으로 하여금 이강에 대해 갑자기 저 같은 진심을 베풀도록 만든 것일까?

그때 이강이 무광 진인을 향해 가만히 읍하여 답례한 다음에,

"또한 보신 바와 같이 저의 검은 결코 순수한 무당검이라 할 수가 없습니다."

하고 말하였다. 그에 무광 진인이 부지불식간에,

"으음!"

하고 무거운 침음성을 흘렸는데, 그것은 차라리 진한 안타까움의 탄식이었다.

이강이 무엇을 말하고자 하는 것인지, 방금 그가 보여주고자 한 것이 무엇이었는지 짐작하고도 남음이 있는 까닭이리라.

그리고 무광 진인은 수긍할 수밖에 없었다.

이강의 태극혜검에 마교의 무공이 섞여 있음을.

방금 전 태극혜검의 신성한 광채 속에 섞여 나왔던 그 신비스러운 오광의 묵기가 바로 그것임을.

그러나 무광 진인은 이내 담담한 미소를 떠올렸다.

그의 과분한 기대와 욕심을 접는, 그러나 체념이 아닌, 보다 넓은 의미의 긍정과 감사, 그리고 포용의 의미를 담은 기꺼운 미소이리라.

사실 조금만 달리 생각해 본다면 이미 얻은 것만으로도 과

분하다 할 만큼 크지 않은가?

무당에게 태극혜검이 소중한 것은 무공 절학으로서보다는 그것이 바로 무당의 자부심이요, 상징이기 때문인 것이다.

무당이 진정으로 무당다워지는 것은 다만 몇몇의 절세무공으로 가능해지는 게 결코 아닌 것이다.

바로 지금껏 무당이 이어 내려온, 그리고 앞으로도 무궁히 이어나갈 전통이요, 정통성인 것이다.

태극혜검은 바로 무당의 정통성을 상징하는 의미요, 명분이었다.

4

무당을 내려오는 잡기마차의 지붕에 깃발 하나가 늘었다.

무당파의 깃발이었다.

강호는 다시 한 번 격동했다.

무당파의 깃발이 어찌 무당파만을 의미하겠는가?

곧 무림맹을 대표할 수도 있지 않겠는가?

七十九
대회(大會)

1

천하의 이목들은 잡기마차에 대한 재조명에 분주하였다.

잡기마차와 관련된 인물들이라 해봐야 숫자로는 몇 명 되지도 않았다.

그러나 그중에는 마교의 교주가 있었다.

남해 해남파의 당대 장문인이자 남해칠십이군도의 총도주가 있었으며, 무당의 무상검인 태극혜검을 익힌 절대검수가 있었다.

그뿐인가?

보타암의 제자이자 사해상단의 계승자인 이가 있었으며, 또한 벌써부터 개방에 필적할 만하다는 소리가 나오기 시작하고 있는 신흥 정보 조직 하오문의 실질적 주인이라는 이가 있었다.

누구 하나 만만히 볼 수 없는, 아니, 그중 누구라도 마음만 먹는다면 당금의 강호 정세에 어떤 식으로든 결코 작지 않은 영향을 끼칠 수 있는 인물들인 것이다.

그들은 놀라운 속도와 규모로 세력을 결집해 나가고 있었다.

마교와 남해군도(南海群島)의 제파(諸派)와 사해상단과 하오문 등이 그들의 편에 서 있음은 불문가지의 일일 것이다.

그러나 소림과 무당을 위시한 무림맹과 그동안 은둔하다시피 제 목소리를 내지 않고 있던 오대세가가 또한 최소한 잡조에 대해 우호적인 입장을 취하고 있다는 데서 천하는 경동하지 않을 수 없었다.

동맹(同盟)!

그것은 누구도 예측하지 못했던 전혀 새로운 형태의 거대 동맹이었다.

잡기마차를 중심으로 급속히 결집하고 있는 그 새로운 형태의 동맹에 대해 누군가는 잡조동맹이라는 이름을 붙였다.

그리고 낯선 명칭은 삽시간에 번져 나갔기에 이윽고 그것은 무림인들에게 익숙한 이름이 되고 말았다.

2

잡기마차는 사천에 당도하여 사해상단의 사천 지단(四川枝團)에 도착했다.

한동안 비워져 있던 그곳에는 언제인지 일단의 상단 일꾼들이 돌아와 분주한 움직임들을 보이고 있었다.

얼마 후.

지단 앞에는 대형의 집기대(集旗臺) 하나가 설치되었다.

그리고 잡기마차에 꽂혀 있던 깃발들이 그곳으로 옮겨 꽂혔다. 깃발들의 한가운데에 잡자기(雜字旗)가 자리했음은 물론이다.

그리고 포고문 한 장이 붙었다.

건흥(建興) 십이년(十二年) 구월(九月) 스무이렛날(二十七日) 오시(午時). 중강변(中江邊) 회야평원(廻野平原)에서 무림천하의 제일(第一)을 가리기 위한 천하무림대회를 개최한다!

차라리 황당하고도 엉뚱한 내용이었다.

그러나 결코 황당하거나 엉뚱한 내용이 아니었다. 실로 경천동지할 엄청난 내용이었다.

당금 무림 천하에서 제일(第一), 곧 천하제일(天下第一)이라 불릴 곳은 오로지 무벌밖에 없다는 것은 감히 누구도 이의를 제기하지 못하는 사실이었다.

그런데 무벌을 두고 새로이 천하제일을 가리겠다니?

명백한 선전포고였다, 잡조가 무벌에 대해 선포한.

사실 무벌에서도 이미 잡조에 대한 응징을 선포한 바 있으니 그들 간에는 벌써부터 전쟁이 시작된 것이지만.

또 좀 더 확대하여 본다면, 소위 '잡조동맹'에 속하는 문파들이 대회의 공동 주최자로 서명을 했다는 데서 그것은 보다 큰 전쟁, 곧 무림 전체가 휩쓸려 드는 일대 전쟁을 의미하는 것일 수도 있었다.

그리고 또 한 가지.

포고문의 하단에 선명히 찍힌 붉은 도장.

그것이 바로 황인(皇印)이라는 데서 사람들의 관심은 마침내 폭발적으로 일었다.

황제의 이름으로 붙은 포고문인 것이다.

그 같은 사실은 사람들에게 숱한 추측과 억측들을 불러일으켰다.

'이번 무림대회는 조정에서 주관하는 것이다!'

'이번 대회에서 이겨 천하제일로 인정받는다는 것은 곧 천하무림에 대한 지배권을 황제로부터 인정받는 것이다!'

'무림을 제도권 안으로 편입시킴으로써 보다 용이하게 무림을 통제 및 관리하고자 하는 조정의 의도이다!'

다만 집기대 전면 단 한 곳에만 붙었을 뿐인 포고문의 내용은 그렇게 바람처럼 천하로 전파되었고, 무림은 이내 크게 술렁이기 시작했다.

　구월 스무이렛날이라면 이제 겨우 열흘 뒤였다.
　천하는 넓고도 넓으니 열흘이면 거리가 먼 곳에서는 당도
하지도 못할 시간이었다.
　그러나 올 사람은 어떻게 하든 다 올 것이다.
　무림인들이란 원래 한 조각의 명예를 위해서도 목숨을 거
는 종류의 사람들이 아니던가.
　황권으로 인정해 주는 절대명예와 또한 그것에 연계되어
있을 법한 무림 초유의 절대권력을 결코 간단히 외면해 버릴
수는 없으리라.
　설혹 조정이 다른 의도를 가지고 있음이 의심된다고 해도
그것을 그들의 두 눈으로 직접 확인해 본 다음에야 그 절대명
예와 권력에 대한 이끌림을 접을 수 있으리라.
　그리고 그런 것은 당금 무림의 기득권자인 무벌 또한 결코
예외가 될 수는 없을 것이다.
　아니, 그들이 이미 기득권을 가지고 있는 입장이기에 더더
욱 방관자로 있을 수는 없으리라.

3

　대회가 며칠 앞으로 가까워지자 사천과 접경한 감숙, 섬서,

호북 등으로는 무림인들이 대거 몰려들었고, 일부 지역에서
는 일대 혼잡이 일어나기도 하였다.

그런 통에 심지어는 관부와 다소간의 마찰이 생기는 일까
지도 생겼다.

마침 우연찮게도 사천의 접경 지역 일대에 걸쳐서 동원된
군사들의 규모가 수만에 이르는 대규모의 군사훈련이 벌어지
고 있는 중이었는데, 훈련 지역으로 무림인들이 수십 명씩,
많게는 백여 명씩이나 무리 지어 이동하는 것에 대해 일제 검
문이 실시되었기 때문이다.

4

회야평원(廻野平原).

사천(四川)의 외곽을 북에서 남으로 가로지르는 중강(中江)
을 뒤로 두고 광활하게 펼쳐진 넓은 초지와 모래강변.

지금 그곳에서는 제법 거창한 역사(役事)가 벌어지고 있었
다.

넓은 초지 가운데에 방원 십여 장 넓이의 커다란 비무대가
일 장의 높이로 세워지고 있었다.

그리고 비무대의 북쪽과 남쪽으로는 각기 몇 동의 거대한
천막들의 설치가 거의 완성되어 가고 있었다.

5

구월 스무이레.

날씨는 잔뜩 흐렸다.

콰르르르릉!

전날 밤 내내 무섭게 쏟아진 폭우 때문에 강물은 범람 직전이었다.

누런 황토빛의 강물이 무섭게 소용돌이치며 격류를 만들고 있었다.

촉박한 포고 기간에도 불구하고 회야평원에는 지금 이천여 명이나 되는 무림인들이 운집해 있었다.

동쪽으로 중강(中江)을 두고서 초지 가운데에 설치된 비무대를 중심으로 군웅들은 다시 북쪽과 남쪽으로 갈려 있었다.

그리고 양편의 앞쪽으로 설치된 천막들 안에는 그야말로 당금 무림 최고의 고인, 명숙들이 엄숙한 모습으로 자리를 하고 있었다.

먼저 북쪽의 천막에는 무벌의 벌주 무황 염운백과 염소천, 그리고 삼대전의 전주들과 기밀당주를 비롯한 당주 급 인사들 십여 명의 면면이 보였다.

그리고 남편의 천막에는 무광 진인을 비롯한 구파일방의 장문인들, 오대세가의 가주들, 그리고 잡조의 조원들이 각기 자리를 하고 있었다.

가히 당금의 무림천하를 움직이는 주요 인물들이 모두 한 자리에 모인 셈이었다.

6

무황(武皇) 염운백은 사방을 한번 휘이 돌아보았다.

양쪽의 구분이 뚜렷하였다.

천막 안의 면면들부터가 그랬지만, 군웅들 또한 무벌의 무사들과 무벌의 무사 아닌 자들로 뚜렷하게 구분을 지어 각기 북편과 남편으로 운집해 있었다.

'허허! 이렇게 되면 본 벌과 천하의 대결 구도인가?'

염운백은 언뜻 그런 생각을 해보았다. 남쪽 천막 안의 한 인물을 보면서 문득 든 생각이었다.

진여송(陣與送). 미처 예상치 못하게도 마전(魔殿)을 마교(魔敎)로 되돌려놓은 자.

그 진여송이, 무림 마도(武林魔道)를 상징하는 마교의 교주가 지금 무림 정도(武林正道)를 상징하는 구파일방의 장문인들과 자리를 함께하고 있었다.

정(正)과 마(魔), 그 천 년의 숙적이 나란히 자리를 하고 있는 것이다.

오로지 무벌에 공동으로 대응하기 위해서 말이다.

염운백은 문득 초라하고 외롭다는 느낌을 떠올렸다.

부지불식간에 떠오른 그 느낌은 그 스스로에게도 뜻밖의 것이라, 일시 당혹스러운 심정이 되고 말았다.

어제까지만 해도 그와 무벌의 이름 앞에서 감히 공공연하게 반(反)하는 자가 있었던가?

정(正)과 마(魔)를 막론하고 말이다.

그런데 하루아침에 무벌에 직속한 자들을 제외한 온 천하가 연합하여 반(反)무벌의 기치를 세우다니.

'어쩌다 일이 이런 지경으로까지 오게 된 것인가…….'

지금의 일이 대개는 자신의 예상이나 판단과는 다르게, 또한 의지와도 무관하게 흘러온 것이라는 생각을 하면서 염운백은 언뜻 그런 의문을 스스로에게 던져 보았다.

역시 발단의 마교였다.

처음 마교에서 이변이 벌어졌음을 보고받았을 때만 하더라도 염운백은 그렇게 심각하게까지는 사태를 받아들이지 않았었다.

강호에서는 마교가 대방파(大幫派)일지 모르나 무벌로 보아서는 기껏 휘하의 오대전(五大殿) 중 하나에 불과할 뿐이었다.

더욱이 친자식도 아닌 굴러 들어온 서자(庶子)와 같은 존재였으니, 평상시에도 그다지 마뜩해하지는 않았던 터였다.

그러나 막상 마교가 무벌과의 관계 정리를 선포하고, 나아가 지난날 무벌과의 관계를 수치라 규정하고 반(反)무벌을 천명하자 염운백은 마교의 진정한 저력에 대해 새삼 실감하지 않을 수 없었다.

그들이 왜 천년마교(千年魔敎)라 불리는지, 그들이 왜 마도의 영원한 종주(宗主)라 불리는지에 대해.

사실 그때까지 염운백은 무림 천하를 다시 정도 천하와 마도 천하로 나눈다면, 정도 천하야 어차피 무림맹의 영역으로 제쳐 놓아야 할 터이지만 마도 천하는 당연히 무벌의 지지 기반이 되는 것이라고 여겨왔었다.

그리고 실제의 무림 정세가 그러했었다. 무벌이 마교를 휘하의 오대전 중 하나인 마전(魔殿)으로 복속시키기 이전부터도.

그런데 마교가 반무벌을 천명하는 그 순간부터 전혀 예상하지 못했던 사태가 벌어졌다.

마도의 대소(大小) 방파들이 은연중에 무벌과 거리를 두기 시작한 것이다.

물론 그들 방파들이 뚜렷이 혹은 적극적으로 무벌과의 결별을 선언하거나 한 것은 아니었다.

그들은 여전히 무벌을 두려워했다.

그러나 이때까지의 자발적인 복종 내지는 충성심이 사라졌다.

이를테면 소극적이고 심정적인 반무벌, 친(親)마교로 변절을 한 것이다.

그것은 곧 무벌이 정(正)도 마(魔)도 아닌, 오로지 무벌 자체로만 남게 된 것을 의미하는 것이었다.

지금 당장은 아니라 할지라도 가까운 장래에는 분명히.

염운백은 문득 엷은 미소를 떠올렸다.

희미하였으나, 강하고도 당당한 면모가 엿보이는 미소였다.

그의 가슴 저 아래 밑바닥으로부터 뿌듯하게 치밀어 오르는 느낌이 하나 있었다.

패기였다, 이미 수십 년도 더 오래전에 느껴본 이후로 한 번도 느껴보지 못했던.

그 뿌듯한 만족감을 느긋하게 만끽하면서 염운백은 선언했다, 그 스스로에게.

'좋다! 어떤 경우에도 무벌은 독존(獨尊)할 뿐이다. 원래부터 본 벌이 가진 힘만으로 천하를 평정했던 바 있거니와, 천하가 감히 반기를 든다면 언제라도 다시 정벌하여 굴복시키면 되는 일이다!'

7

바람에 부대끼는 갈잎의 소리처럼 웅성거리던 군웅들의 소음이 돌연 가라앉았다. 그리고 곧 여기저기에서,

"와!"

"와아!"

하는 흥분된 함성이 터져 나오며 이어,

"아!"

"아아!"

하는 경이와 경악의 탄성들이 섞여들었다.

십여 장 아득한 높이의 허공으로부터 하나의 신형이 비무대 위로 내리꽂히고 있었다.

팟!

깃털처럼 가볍게 착지하며 우뚝 선 이는 바로 염운백이었다.

무황(武皇) 염운백(廉雲佰)!

무벌의 제이대 벌주(閥主)!

그의 부친이자 고금제일의 무인으로 평가받는 창천무종(蒼天武宗) 염천월(廉天月)을 제외하면 신주십삼존 중 실질적인 제일인자!

염천월이 이미 수십 년 전에 은거하여 그 생사가 불분명하다는 소문이 공공연히 나돈 지 오래였으니, 누구라도 당금의 천하제일인으로 꼽기를 조금도 주저하지 않는 인물!

"잡조동맹이라고 했던가? 단숨에 마교를 복속시켰으며 또한 무림맹까지 끌어들였으니, 그대들이 대단하다는 것에는 이의를 달지 않겠다. 그러나 오늘의 이 대회가 사실은 본 벌을 겨냥하고 있음이 분명한 터에 굳이 번거로운 형식과 과정을 빌릴 필요는 없을 것이다."

염운백의 카랑카랑한 목소리가 사방으로 울려 퍼졌다. 염

운백이 잠시의 틈을 두었다가,

"천하제일을 가리자고 했는가?"

하고 쩌렁하니 외쳐 물었다. 그리고는 돌연,

"으하하하하하!"

하고 장소(長笑)를 터뜨린 다음에 오연히 선언했다.

"본좌 앞에서 감히 천하제일을 논할 자 있으면 누구든 나서보라! 기꺼이 그 도전을 받아주리라!"

천하를 향한 실로 오만한 선언이었다.

더불어 오늘의 무림대회를 오히려 자신이 주도하겠다는 선언이기도 했다.

넓은 비무대 한가운데에 오연히 버티고 선 염운백에게서 뿜어지는 기세는 대해와 같이 거대하였고, 태산과도 같이 무거웠다.

그리하여 이천여 군웅은 감히 감탄의 탄성조차도 함부로 내뱉지 못하였다.

오로지 염운백 한 사람에게서 뿜어지는 위엄과 무형의 압박감에 눌려 회야평원에 운집한 이천의 군웅이 감히 숨소리조차 크게 내쉬지 못하고 있었다.

八十
살계(殺計)

1

강산은 엉거주춤 자리에서 일어섰다.

이런 상황일 때 앞으로 나서는 것은 그의 성격과 적성에는 참으로 어울리지 않는 일이었다.

그러나 힐끗 주위의 눈치를 보는 표시를 내었음에도 그를 만류하려는 사람은 아무도 없었다.

역시 어쩔 수가 없는 일이었다.

그는 잡조의 조장이었다.

그것은 곧 그가 무림인들이 말하는 잡조동맹의 대표가 된다는 의미이기도 했다.

그것이 그가 의도했든 그렇지 않든 간에, 또한 형식적이든 실질적이든 간에 말이다.

　비무대 위의 염운백을 힘주어 한 번 바라보고 나서 강산은
천천히 걸음을 떼었다.
　한 걸음, 두 걸음…….
　강산의 걸음을 따라 군웅들의 흥분도 고조되었고, 드넓은
회야평원에는 거친 술렁임이 가득 번져 나갔다.
　소리없는 흥분이요, 침묵의 술렁임이었다.
　다만 군웅들의 부릅뜬 눈에서 뿜어지는 열기는 점점 더 뜨
거워졌고, 숨소리는 자신들도 모르게 조금씩 급해지고 거칠
어져 가고 있었다.

2

　[조장님!]
　강산의 귓전에 다급한 부름이 전해진 것은 그가 군웅들의
흥분된 시선을 한 몸에 받으며 어느덧 비무대 가까이까지 다
가섰을 즈음이었다.
　모깃소리처럼 앵앵거리며 귓전을 간지럽히는 소리.
　그것이 바로 전음이라는 것에 대해 강산도 이제는 제법 익
숙해져 있었다.
　강산은 멈칫 걸음을 멈췄다.

그에 따라 이천여 군웅들의 시선 또한 일제히 멈칫거리며 평원의 대기가 일시 거대한 출렁거림을 만들어내는 듯했다.

그러나 강산은 뒤돌아보지 않았다.

그 전음이 서활의 것임은 알았다.

그리고 그 목소리에 실린 다급함만으로도 그에게 무슨 급한 볼일이 있다는 것을 짐작할 수 있었다.

그러나 그가 지금 걷고 있는 이 길이 그가 원해서, 좋아서 나선 길은 아닐지라도 일단 나선 이상에는 가벼이 되돌아갈 수 있는 것은 결코 아니었다.

그렇다고 그가 전음을 구사할 수 있는 처지도 아니었으니 뒤돌아본다고 해서 달리 할 수 있는 일이 있는 것도 아니었다.

강산은 다시금 천천히 걸음을 떼었다.

3

팟!

서활의 신형이 바람을 가르며 잡조가 있는 천막 옆을 스치며 그대로 저 앞쪽에서 비무대를 향해 가고 있는 강산의 뒤를 쫓아가는데, 윤파가 번개처럼 신형을 튕겨가 거칠게 서활의 어깨를 낚아챘다.

"어이! 멈춰!"

　서활이 휘청하며 신형이 뒤로 젖혀지는 중에도 다급한 시
선을 강산의 뒷모습에서 거두지 못하였다.
　그때 유정이 빠르게 다가서며 물었다.
　"무슨 일이세요?"
　어조는 급하였으나 나직하고도 차분한 목소리였다.
　그 침착함에 비로소 주변을 돌아볼 여유가 생긴 것인지, 서
활이 급한 숨을 토해내며 유정을 향해 말했다.
　"유 소저! 조장님께 급히 알려 드려야 할 일이 있습니다."
　유정이 언뜻 긴장하는 기색이 되었으나 일단은 옆쪽 천막
의 비어 있는 공간으로 서활을 이끈 다음에 다시 차분하게 물
었다.
　"무슨 문제가 생겼나 보군요. 그러나 지금 이곳의 사정 또
한 무척이나 긴박하게 돌아가고 있는 중이니, 일단 제게 먼저
말씀을 해보세요."
　그에 서활이 빠르게 말을 쏟아냈다.
　"군사들이… 오만의 정예 군사가 지금 이곳을 목표로 포위
망을 구축해 들어오고 있습니다."
　그때 가까이로 다가서던 선변이 흠칫 놀라며,
　"오만의 군사라고요?"
　하고 반문하고는 곧바로 안색이 창백해졌다. 그리고는 부
지불식간에,
　"아아!"

하고 길게 탄식하고는 다시 물었다.

"동창 제독 구말(坵抹)이로군요? 사천과 감숙, 섬서, 호북의 접경 지역에서 벌어지고 있는 대규모의 군사훈련이 기실은 처음부터 오늘의 이 대회를 염두에 둔 살계(殺計)였던 것이군요?"

그에 서활이 무거운 어조로,

"제독이 철저히 비밀 속에서 일을 추진하는 바람에 나 또한 얼마 전에야……."

하고 말끝을 흐리고 마는데, 그 모양이 마치 자책하며 어려운 변명을 하는 듯했다.

유정이 크게 놀라며 물었다.

"동생! 그게 무슨 말이야?"

그러나 선변은 스스로의 생각만으로도 치열했던지 유정의 질문에는 미처 대답하지 못하고서 혼잣말하듯이 나직한 중얼거림을 뱉었다.

"그렇군! 정치의 논리란 본래 비정하기 짝이 없는 것이니, 구말 정도의 인물이라면 능히 꾀할 수 있는 심계(心計)인 것을……."

유정이 가볍게 미간을 좁히고 마는데, 서활이 다시금 재촉했다.

"일단은 조장님께 사실을 알려야만 합니다."

그에 유정은 물론이고, 주위의 이목을 차단하며 사방을 지

켜서 있던 노달과 이강, 윤파 등이 또한 덩달아서 급한 기색
이 되었다. 그러나 그때 선변이,

"안 돼요. 이미 상황을 돌이킬 수도 없거니와, 섣불리 돌이
키려 했다가는 자칫 상황을 더욱 악화시킬 뿐이에요."

하고 강한 어조로 반대의 의사를 말했다.

서활은 곧바로 납득할 수 없다는 빛이 되어 유정을 바라보
았다. 유정의 단안을 독촉하는 것이리라.

유정으로서도 선변의 심중을 당장에 짐작하기는 쉽지 않
았다.

그러나 선변이 그처럼 분명하게 반대를 하고 나선 이상 일
단은 그녀의 주장을 살려주는 것이 가장 원만한 선택일 것이
었다.

유정이 자신을 향해 가만히 고개를 끄덕이는 것을 보고, 또
그것이 자신의 다급함을 진정시키려는 뜻임을 짐작하고, 순
간 서활은 전신의 긴장을 풀어버리고 말았다.

내내 팽팽하게 당겨져 있던 맥이 순간적으로 탁 풀리고 마
는 느낌이었다.

그때였다.

"와아!"

"와아아!"

우렁찬 환호성이 드넓은 회야평원의 사방을 우르르 떨어
울렸다.

비무대 위에 오른 강산이 마침내 무황 염운백과 마주 서는 순간이었다.

숨죽이며 참고 있던 이천여의 군웅이 마침내 터뜨려 내는 격동의 환호성이었다.

4

거대한 환호성이 온 천지를 뒤흔드는 중에 두 사람은 서로를 마주 바라보고 서 있었다.

한 사람은 천하에서 가장 강한 무공과 또한 가장 강력한 세력을 동시에 가진, 이 시대 최고의 거물이었다.

그러나 그와 마주 선 또 한 사람은 사뭇 다른 처지였다.

그는 본래, 그리고 불과 일 년 전까지만 해도 그저 평범하거나 혹은 평범한 축에도 끼지 못하여 평범 이하였던 사람이다.

그러나 어느 순간부터 그의 의지와는 전혀 무관하게, 원하지 않았음에도 일련의 악연과 우연과 기연들이 그의 삶으로 어지러이 얽혀들었다.

그 굴곡진 인연들을 뚜렷이 거부하지도 못하는 중에 상황과 상황들에 어찌어찌 밀려다니다 보니 문득 지금의 이 자리에 서 있게 된 사람이다.

염운백은 무한한 위엄과 힘이 담긴 눈빛으로 그의 눈앞에 선 자를 오연(傲然)히 바라보았다.

내키지 않는다는 듯이, 혹은 결코 자신의 자발적 의지가 아니라고 호소라도 하는 듯이 주춤거리며 걸어와서는 다시 어쩔 수 없다는 듯이 애써 힘주어 마주 버텨선 자.

바로 강산이라는 기묘한 인물이었다.

5

"구말은 이미 여기에 모인 사람들에 대한 살생부(殺生簿)를 짜놓았겠군요? 조정의 관점에서 볼 때 통제가 어렵거나 불순한 부류들을 분류했겠지요? 무벌인가요? 어쩌면 이미 기정사실화되었겠군요. 우리 또한 구말의 살부(殺簿)에 이름이 올라가 있겠군요. 그런가요?"

힐끗 비무대 위의 상황을 살피며 나직이 묻는 선변의 말에 서활은 일시 당황하는 기색이 되고 말았다.

곁에 섰던 유정이 화들짝 놀란 얼굴이 되어,

"그럴 리가? 구 제독이 왜 우리를?"

하고 떨리는 목소리로 물었다. 그에 선변이 침울한 기색으로 대답했다.

"그가 보기에는 우리가 가장 위험한, 어쩌면 무벌보다도 더욱 위협적인 존재일 수도 있겠지요."

"대체 그게 무슨 소리야? 우리가 그에게 왜 위협이 된다는 애기야?"

유정의 반문이 강해졌다. 그러자 선변은 문득 자조(自嘲)하는 듯한 투가 되었다.

"글쎄요. 우리가 지닌 면면들이 모두 다 어쩔 수 없는 반골(反骨)들이기 때문일까요? 우선 저와 조장님은 구말이 자부하고 있던 동창의 형옥을 크게 한번 들쑤셔 놓았을 뿐만 아니라, 심지어는 구말의 목에 칼을 들이대고 그 목숨을 위협한 바까지 있으니 아주 제대로 반골의 기질을 보였다 할 수 있겠지요. 그리고 노달 영감님과 윤파 오라버니, 이강, 심지어는 여기 서 형(徐兄)까지… 따지고 보면 우리 중에 누구하나 반골 기질이 아닌 사람이 없지 않나요?"

유정이 잠시 굳은 얼굴이 되어 있다가 다시,

"동생의 말대로 구 제독에게 정말로 그런 작정이 있다고 쳐! 그러나 그런 경우라고 해도 여기에 있는 무림맹을 비롯한 천하의 군웅들이 가만히 보고만 있을까?"

하고 물었다. 그에 선변이 희미하게 웃으며, 그러나 단호하게,

"결론적으로 그들은 가만히 보고만 있을 겁니다, 제독의 칼이 그들까지 겨누지는 않는 한에는."

하고 대답했다. 그 명료한 단언(斷言)에 유정이 흠칫 놀라며,

"아!"

하고 가느다란 탄식을 흘리고 마는데, 선변이 차분히 덧붙였다.

"오만의 군사입니다. 그것도 정병(精兵)이라고 합니다. 그렇다면 여기에 무벌과 무림맹을 위시한 당금 무림의 고수 이천여 명이 모여 있다고 해도, 아니, 오히려 이렇게 한자리에 모여 있기에 일단 대군(大軍)의 무차별적인 공격이 시작되면 속수무책으로 말살을 당할 수밖에 없다는 것은 자명한 사실입니다. 그런 터에 자신들을 향해서 칼을 겨누지도 않는데, 무림맹이 기껏 깃발 하나 잠시 내어준, 그야말로 티끌같이 하찮은 정리(情理)밖에 없는 우리를 위해 목숨을 내던지려고 한다면 그것이 더욱 이상한 일일 테지요."

선변이 잠시 틈을 둔 다음에 다시 말을 이었다.

"그런 이치가 아니더라도 일 년 전에 우리는 이미 비슷한 상황을 한번 겪은 바가 있지요. 그들 구파일방이 대의명분이라는 미명 아래, 그러나 기실은 자신들의 공동 이익을 위해 우리 같은 힘없는 처지들의 사정에 대해서는 얼마나 쉽게 눈을 감는지, 나아가 얼마나 간단하게 희생을 강요하는지에 대해."

순간 유정은 자신도 모르게 가늘게 몸을 떨고 말았다.

선변이 말하는 '우리' 중에서 자꾸만 그녀가 밀려나는 듯한 느낌이 문득 들었기 때문일까?

유정이 가느다랗게 한숨을 내신 다음에 조금은 힘없는 목소리로 물었다.

"동생은 혹시 동창과 무림맹이 미리 어떤 교감을 가졌다고 짐작이라도 하고 있는 거야?"

"정황상으로 보아 그렇지는 않을 겁니다. 다만 그럴지라도 이번의 상황이 우려하는 대로의 극단으로 치닫게 된다면 그들 구파일방은 이번에도 결코 우리의 편이 되어주지 않을 것이란 점은 분명하다는 것이죠. 어쨌든 조정은 무림으로서는 결코 넘을 수없는 벽이니, 수백 년, 길게는 천 년 가까이나 이어온 유구한 전통과 역사를 자신들의 대에서 끊기지 않게 하기 위해서라도 결코 조정에 반기를 들 수는 없는 입장이기도 하겠지요. 그리고 일단 일이 끝나고 난 다음에 비록 어느 정도의 후유증과 진통이 있기는 하겠지만, 결국 그들은 여전히 구파일방으로 남을 것이니까요. 마치 아무 일도 일어나지 않았던 것처럼. 더욱이 조정에서 그들을 위해 약간의 명분과 보상을 베푼다면 그들은 더욱 공고히 무림의 중심에 서게 될 테니까요."

"음!"

유정이 이윽고는 무거운 침음성을 흘리고 말았다. 그때 선변이 문득 서활을 향하며,

"구말이 하려고만 했으면 서 형은 끝까지 이 같은 사실을 알지 못했을 텐데, 어떻게 마지막 순간에, 그것도 결정적인 순간에 서 형이 그 같은 사실을 알고 또 별다른 어려움 없이

우리에게까지 알릴 수 있었을까요?"

하고 묻는데 그 어투에 사뭇 날카로운 기세가 섞였다. 그에 서활이 자신도 모르게 무거운 침음성을 뱉어냈다.

"으음!"

"구말은 철두철미한 성격을 지닌 인물이에요. 일단 우리에 게 칼을 겨눈 이상 이중, 삼중의 수단을 동원해서 완벽하게 제거하려고 할 테죠. 자신은 작은 손해도 입지 않는 철저한 완벽함을 즐기면서 말이지요."

이어 선변은 문득,

"호호호!"

하고 나직이 소리 내어 웃었는데, 그 돌연한 웃음소리는 사람들로 하여금 순간적으로 섬뜩한 느낌이 들게 하는 데가 있었다.

선변의 차갑게 가라앉은 목소리가 이어졌다.

"서 형이 무난히 이곳까지 올 수 있었던 데는 오만의 대군(大軍)을 동원하기 전에 먼저 우리를 군웅들로부터 고립시키고, 나아가 군웅들의 칼로 우리를 치는 차도살인의 계까지를 염두에 둔 구말의 심계가 있었을지도 모르는 일이지요!"

그때 비교적 침착하게 듣고 있던 노달이 문득,

"그 차도살인의 계가 어떻게 가능하다는 것이냐?"

하고 무겁게 물었다. 선변이 가볍게 숨을 돌리고 나서 천천히, 그러나 짧게 대답했다.

"포고문의 황인(皇印)! 그리고 서 형의 신분!"

"음!"

노달이 묵직한 침음성을 흘려낼 때, 선변은 문득 담담한 안색으로 돌아왔다.

그러나 그녀의 목소리는 더욱 차갑게 가라앉아 있었다.

"그래서 우리는 지금의 이 상황을 멈출 수가 없는 것이지요. 우리가 원래 계획했던 그대로 밀고 나가는 수밖에 다른 방도는 없는 것이지요. 계속 나아가서 그 끝에서 결국 어떤 상황을 맞게 될지는 알 수 없으나, 지금 상황을 멈추게 하는 것보다는 분명히 조금이라도 더 나을 테니까요. 최소한 구말이 의도한 대로 끌려가지는 않을 테니까요."

八十一
잡조(雜組)

1

군웅들의 환호가 잦아든 지는 이미 꽤 되었다.

그러나 비무대 위에 마주 선 두 사람은 시간을 잊은 듯이 묵묵히 서로를 바라보고만 있었다.

그러던 한순간 무심한 듯 오연하기만 하던 염운백의 눈빛이 문득 기이한 빛으로 변했다.

참으로 어이없는 자가 아닌가?

그자는 처음 마주 서서 잠시간은 어색한 듯이, 거북한 듯이 시선을 비키고, 또 이리저리로 가벼이 눈길을 옮겨 다니더니 어느 순간부터는 담담하게 그의 눈빛을 받아들이고 있었다.

그 순간부터, 아니, 훨씬 오래전부터 그자는 결코 어이없다고 할 자가 아니었다.

차라리 너무도 기이하여 감히 예측하기 어렵다고 해야 할 자였다.

그의 아들보다 기껏 몇 살 정도나 더 먹었을까? 아직 서른 중반도 되어 보이지 않는 강산이라는 자 말이다.

염운백은 깊숙한 시선으로 강산을 응시했다.

그는 알고 있었다.

무벌 사대전주 중 하나이며, 신주십삼존 중 하나인 인극전주(人極殿主)가 바로 강산에 의해 죽임을 당했다는 사실을.

놀랍게도 강산은 사극전주의 합공 속에서도 인극전주를 죽이고 목숨을 부지하여 도망을 쳤던 것이다.

그뿐인가?

돌이켜 보면 그가 직접 겪은 상황도 있었다.

일 년여전.

칠절천마기(七絶天魔氣)가 담긴 그의 일장에 고스란히 격중당하고도 다만 한차례 피를 토해냈을 뿐, 별다른 내상조차 입지 않은 듯 멀쩡한 모습이었지 않던가?

당시에는 주변 상황이 복잡하고도 촉박하였기에 그 이해되지 않는 상황에 대해서 신중히 따져 볼 계제가 못 되었지만, 그러한 일이 결코 우연일 수는 없었다.

아직까지도 자세히는 알 수 없지만, 강산은 분명 어떤 종류의 특별한 능력을 보유하고 있는 것이다.

그의 아들 염소천이 어이없이 당하고 말았던 광경 또한 또렷했다.

그때 강산은 무슨 신법이나 보법이라고 하기에는 너무도 허술하고 조잡하며 무질서한 몸놀림으로, 그러나 염소천의 능력으로는 결코 따라잡지 못할 만큼 빠르게 움직였었다.

사실은 일방적으로 도망을 다녔었다.

그러나 어느 틈엔가 염소천의 양어깨를 틀어잡고는 무수한 타격을 당하면서도 끝내 붙잡고 늘어졌었다.

그리고 엎치락뒤치락 하는 중에 어이없는 박치기 일격으로 염소천을 기절시키고 말았던 것이다.

그런 일들로 인해 그는 강산에게 묘한 껄끄러움과 그대로 두었다가는 언젠가는 위협이 될 것 같은 불편한 느낌을 받았었다.

그랬기에 그는 그답지 않게도, 그 껄끄러움과 불편함을 깨끗이 제거해 버리기로 너무 간단히 결정했었다.

그리고 완벽히 제거했다고 여겼었다.

그러나 강산은 지금 다시 그의 앞에 나타나 있었다, 이전보다 더욱 껄끄럽고 불편한 느낌으로.

2

"너는 누구냐?"

물론 염운백이 강산을 몰라서 묻는 말은 아닐 것이었다.

다만 강산에게 그가 감히 자신의 앞에 마주 선 이유와 또한 과연 마주 설 자격이 되는지를 묻는 것이리라.

강산은 잠시 멈칫거리는 기색이 되었다.

그러나 그는 이내 담담히 대답했다.

"나는 잡조의 조장이오."

강산의 그 짧은 대답에 찰나지간 염운백의 뇌리를 스쳐 가는 회상이 있었다.

일 년 전 그때.

아들 염소천이 강산의 박치기 일격에 당한 직후 그가 강산에게 물었었다, 방금처럼.

"자네는 누구인가?"

강산이 대답했었다.

"사해상단 휘하 잡조의 조장입니다."

눈빛 마주치기가 두려운 듯이 바닥을 보고 하는 대답이었지만, 애써 굴하지 않으려는 의지가 담긴 목소리로.

방금 그와 강산은 그때와 같은 질문과 대답을 주고받았다.

다만 강산의 대답에서는 '사해상단 휘하' 라는 어두(語頭)

가 빠졌다.

그것은 그에게 지금 사해상단을 포함한 소위 잡조동맹이라는, 비록 구체적인 형체나 체계적 조직은 없으나 무림에서는 이미 기정사실화된 거대 동맹의 대표자라는 입장이 부여되어 있기 때문일까?

그런 차이 때문일까?

그가 강산에게서 받는 느낌은 그때와는 사뭇 달랐다.

그것은 모자라지도 넘치지도 않는, 그저 덤덤한 느낌이었다.

염운백은 잠깐의 염두를 거두었다.

문득 그의 눈에서 정광이 번뜩였다.

"네가 감히 나의 상대가 되리라 여기느냐?"

그 질문에는 기이하게도 무겁고 날카로운 위엄이 담겨 있었다. 삼엄한 노기 또한 담겨 있었다.

우르릉!

염운백이 발산하는 노기의 여파가 조금 뒤늦게 회야평야의 대기를 온통 떨어 울리며 이천여 군웅의 가슴을 일시에 서늘해지도록 만들었다.

그때였다.

팟!

파팟!

염운백의 위엄과 노기에 호응이라도 하듯이 북쪽의 천막

으로부터 몇 가닥의 신형들이 비무대를 향해 빛살처럼 쏘아
왔다.

그리고 저마다 절세의 신법을 뽐내듯이 비무대 상공 이 장
여 높이에서 일렬로 정렬한 다음 염운백의 뒤쪽으로 사뿐히
내려서는 것이었다.

바로 무벌의 사대전주들이었다.

정확히는 인극전주가 빠진 신극(神極), 천극(天極), 지극(地
極)의 세 전주(殿主)와 또 다른 한 사람이었다.

그런데 그들 삼대전주만 하더라도 모두 신주십삼존에 이
름을 올리고 있는 인물들이니, 지금 비무대 위에는 무황 염운
백까지 포함하여 무벌을 대표하는, 나아가 당금의 강호무림
을 대표하는 도합 네 명의 절대고수가 올라 있는 것이었다.

그리고 또 다른 한 사람.

그는 일 년 전의 무림대회에서 무당 기재 원지룡을 단 일
검에 꺾음으로써 자신의 이름을 천하삼대기재 중에서도 다
시 확고한 수위(首位)에 올려놓았음은 물론, 강호의 젊은 층
들에게 무쌍(無雙)의 청년제일고수로 추앙받고 있는 인물이
었다.

바로 무벌의 소벌주인 운중신룡(雲中神龍) 염소천(廉逍天)
이었다.

3

윤파와 노달, 그리고 이강이 서로 눈빛을 교환한 것은 찰나간이었다.

그러나 그것만으로도 능히 뜻이 통하여 그들은 동시이다시피 비무대를 향해 신형을 날렸다.

오 장여 높이로 도약하여 한 무리 흑운(黑雲)처럼 허공을 가로질러 가는 노달의 천마활공(天魔滑空)은 화려하고도 장중했다.

이강과 윤파의 신법은 상대적으로 단순, 경쾌하였다.

그러나 그들 두 사람의 신법에도 차이가 있었다.

이강의 신법에는 빠른 속도 중에도 한가로이 노니는 듯한 유유자적함이 있었다.

그것은 바로 노달이 펼친 천마활공과 함께 마교의 이대경신절기(二大輕身絶技)인 천마행공(天魔行空)의 이치에 태극혜검의 부드러움의 진수가 녹아든, 이를테면 이강만의 독특한 경공이었다.

한편 윤파의 신법에는 일렁이는 물결 위를 달리듯 하는 묘한 출렁임이 있었다.

바로 파도의 끝을 타고 허공을 주파(走破)한다는 해남파의 비파결(飛波訣)이다.

4

유정은 천천히 자리에서 일어났다.

노달 등 세 사람이 굳이 그녀를 제외하고서 자신들끼리만 뜻을 모으고 나아간 이유를 짐작 못하는 것은 아니었다.

그러나 비무대 위의 상황이 이제 양측 간의 격돌을 피할 수 없게 된 이상, 처음부터 숫자의 열세를 보일 수는 없는 일이었다.

그때였다.

서활이 슬그머니 일어서는데, 평소의 그답지 않게 조심스러워하는 기색이 확연하였다.

유정이 언뜻 눈길을 주자 서활이 주춤하며 당황스러운 듯이 시선을 피하였다. 그리고 한쪽 옆에 앉아 있는 선변에게,

"내가 끼어도 괜찮을까?"

하고 작고 조심스러운 목소리로 묻는 것이었다.

선변이 잠시간 서활을 보고 있다가 문득,

"훗!"

하고 실소하였다. 그리고는,

"오라버니라면 그럴 자격이 있지 않나요?"

하고 말하였는데, 짐짓 뾰로통하게 들리는 투였다.

그러나 서활의 입가에는 대번에 두어 가닥의 가느다란 주름이 잡혔다.

기꺼움이리라!

그 뾰로통한 말투야말로 예전에 선변이 그를 대할 때 쓰던 바로 그것이었다.

그리고 선변의 그 한마디 호칭, 좀 전까지만 해도 '서 형!'이던 것에서 '오라버니!'로의 변화.

윤파와 마찬가지로 그도 이제 오라버니라 불린 것이다.

그럼으로써 그는 이제 다시 잡조의 일원으로 인정받은 것이다, 적어도 선변으로부터는.

자신에게 가볍게 읍해 보이는 서활에 대해 유정이 또한 가볍게 고개를 숙여 보였다.

그 직후 서활의 신형이 쏘아져 나갔다, 비무대를 향하여.

5

팟!

가벼운 파공성과 함께 두어 걸음 떨어진 곳에 내려서는 서활을 보고 강산은 한쪽 눈을 찡긋해 보였다.

그 눈짓이 마치,

'왜 왔어?'

하고 묻는 듯하여 서활이 저도 모르게 쭈뼛거리다가, 슬쩍 다시 살펴보니 강산의 눈빛이 싱그러웠다. 약간의 장난기마저 담고서.

눈치를 보듯이 서활이 슬그머니 강산에게로 한 발 더 가까

이 다가서며,

"저도 잡조입니다."

하고 묻지도 않은 말을 속삭였다.

강산이 표정에다 묘한 일그러짐을 만들어냈다.

그것이 서활이 보기에는 마치,

"누가 뭐래?"

하고 핀잔을 주는 듯하여 순간 그의 얼굴이 환하게 밝아졌다.

서활이 힐끗 눈길을 돌려보니 윤파가 또한 찡그린 얼굴로 그를 바라보고 있었다.

윤파의 입이 조그맣게 움직였다.

소리도 나지 않았고 전음도 아니었지만, 그 심술스러운 입 모양이 무엇을 말하는지 서활은 알 수 있었다.

'미친놈!'

서활은 마침내 활짝 웃고 말았다. 입을 벌리고 이를 드러내며, 그러나 소리없이.

八十二
타협(打頰)

1

염소천의 기도는 일 년 전과는 비교할 수 없도록 당당하고
도 헌앙(軒昻)해 보여서 그런 모습만으로도 그가 그사이 많은
성취를 이루었음을 능히 짐작해 볼 수 있었다.

하긴 그는 소위 천재, 그중에서도 비상한 천재에 속하는 사
람이 아닌가?

그런데다 무벌의 소벌주로서 보통의 사람들이 감히 누리
지 못하는, 혹은 불쑥 주어졌어도 감당하지 못할 기연들을 필
요할 때 그런 만큼 얻을 수 있는 입장이니, 지난 일 년간 절치
부심하였다면 범인들로서는 상상할 수 없는 성취를 이룬 것
은 어쩌면 당연하다고 해야 하지 않겠는가?

염소천의 두 눈은 오로지 한곳만을 응시하고 있었다.

바로 강산이었다.

지금 염소천의 두 눈에 타는듯이 이글거리고 있는 광채는 강산에 대한 치열한 적개심이리라.

도저히 인정할 수 없는, 그 어이없는 패배에 대해 새삼 치솟는 미칠 듯한 분노와 그 치욕을 천배만배로 되갚아주고자 하는 억제 못할 열망이리라.

당시 부친이 잡조에 대한 제거를 명했다는 사실을 뒤늦게 알고 나서 염소천은 부친의 처사를 원망했었다.

그리고 그들이 제발 죽지 않기를, 그래서 나중에 그의 손으로 직접 죽일 수 있게 되기를 간절히 기도했었다.

철금산장(鐵琴山莊)에서 거대한 폭발의 흔적과 함께 형체를 알아볼 수 없도록 훼손된 시신들이 다수 발견되고 그것들 중에 강산의 시신도 포함된 것으로 결론이 났을 때, 그는 미칠 듯이 분노했다.

그리고 그 분노를 삭이기 위해서라도 지난 일 년간을 오롯이 혹독한 수련에 매진했다.

그러다 근래 잡조의 부활 소식을 들었을 때 그는 전율했다.

차라리 감격했다.

그리고 그들을 다시 만날 날만을 간절히 염원했다.

한순간 염소천은 머릿속이 온통 차갑게 굳는 느낌이었다.

그런 중에 오직 한 가지 생각만이 뜨거운 폭발을 일으키고 있었다.

'죽인다!'

이제 그 어떤 것도 그를 멈추게 할 수 없었다, 부친인 무황 염운백조차도.

2

염소천이 성큼 앞으로 나서는 것을 보고 염운백은 언뜻 미간을 찌푸리고 말았다.

비무대 위였다.

무벌을 두고도 감히 천하제일을 논할 자 있으면 누구의 도전이라도 기꺼이 받아주겠노라고 선언하였고, 그에 응해서 소위 잡조라는 자들이 비무대 위로 올라와 있는 상황이었다.

그렇다면 비록 요식행위에 불과하다 하더라도 상대의 도전을 수락하는 최소한의 형식과 절차는 갖추는 것이 좋았다.

그 과정과 진의야 어찌 되었든 강호무림 전체를 대변한다 할 수 있는 이천여의 군웅 앞에서 천하제일의 명예와 지위를 놓고 다투는 자리가 아닌가?

그러나 염운백은 아들을 제지하는 대신에 세 전주에게 뒤로 물러서라는 눈짓을 했다.

염소천에게서 지독히 차가운 중에도 도저히 말리지 못할 집요함을 본 때문이었다.

세 전주가 비무대의 뒤쪽 가장자리로 물러선 다음에 염운백 또한 천천히, 그러나 순식간에 전주들이 물러선 곳으로 옮겨갔다.

그것은 말 대신 행동으로 하는 또 다른 선언이었다, 무벌과 잡조 간의 무림천하의 제일(第一)을 가리기 위한 승부가 드디어 시작되었다는.

또한 무벌의 소벌주 운중신룡 염소천이 그 승부의 시작을 연다는 선언이기도 했다, 상대가 누가 될지 정하지 않은 채 상대가 누가 되어도 좋다는 오연함으로.

그럼으로써 이제 비무대 위에 올라서 있는 인물들 외에는 그 누구도 이 거대한 승부에 끼어들 수는 없게 되었다.

무림맹이나 다른 문파에서도 도전자의 명분을 취하려 했다면 그들은 진작에 나섰어야만 하는 것이다.

3

사실 염운백은 염소천에 대해 한 가지의 체념과 믿음을 동시에 가졌다.

체념이란 염소천의 타고난 집착적 성격에 대해서였다.

그가 일단 분노를 가진 이상, 더욱이 그것이 격렬하고도 처절한 종류의 것인 이상 아무리 그가 아버지라 해도, 아니, 그 아니라 누구라 하더라도 염소천을 말릴 수 있는 사람은 천하에 없었다.

말린다고 해서 해결될 문제가 결코 아닌 것이다.

염소천의 그 광적인 집착은 그 대상을 그가 직접 파멸시키기 전까지는 결코 해소되지 않는, 그런 지독한 종류의 것이었다. 그래서 체념하는 것이다.

믿음이란, 지난 일 년간 염소천이 이룬 놀라운 무공의 성취를 알기 때문이다.

바로 칠절천마기(七絶天魔氣)다.

일 년 전 염소천의 칠절마벽(七絶魔壁)은 초성(初成)을 넘어 막 중성(中成)에 다다른 단계였고, 칠절천마기의 경지로 보자면 겨우 사성(四成)의 수준에 불과했었다.

그러나 그의 나이에 그런 정도를 이룬 것만으로도 전례없이 놀라운 성취였다.

그런데 참으로 믿을 수 없게도 지난 일 년 동안 그의 성취는 칠절마벽의 중성(中成) 경지를 그대로 돌파하여 대성(大成)의 초입지경(初入之境)에 도달했을 뿐만 아니라, 칠절천마기 또한 단숨에 칠성(七成)의 경지로 도약했다.

염소천의 경인할 천재성이 아니라면 결코 가능하지 않았을 경악스러운 진경(進境)이었다.

염소천이 아직 서른이 채 되지 않았으니, 오래지 않아 구성(九成)의 경지에 머물러 있는 염운백 자신을 추월함은 물론이고, 칠절천마기를 직접 창안하고도 끝내 완성에 도달하지 못한 그의 부친 염천월(廉天月)의 필생 염원마저 마침내 이루어줄지도 모를 일이었다.

아니, 사실은 반드시 그럴 수 있을 것이라는 강한 믿음을 가지고 있는 중이었다.

염소천이 도달한 칠절천마기의 칠성 경지는 결코 간단한 것이 아니었다.

염운백 자신이 과거 그러한 경지에 도달했을 때 비로소 무적(無敵)의 자부심을 가졌거니와, 그 이후로 지금까지 그런 자부심이 꺾였던 적은 단 한 번도 없었다.

4

노골적인 적개심과 진득한 살기를 담은 채 집요하게 부딪쳐 오는 눈길.

바로 강산을 향한 염소천의 눈길이었다.

선뜻 앞으로 나선 이강이 강산의 앞을 막아섰다. 그리고 강산을 대신해 염소천의 시선을 받았다.

순간 염소천의 시선이 확 타올랐으나 이강은 담담하게 받아들였다.

일 년 전의 격돌에서는 분명한 열세였으나 이제 이강은 자신이 있었다.

물론 염소천의 무공이 그때와는 또 다른 경지에 올라서 있다는 것은 지금 그로부터 뿜어져 나오는 기세만으로도 능히 짐작해 볼 수가 있었다.

그러나 그럴수록 욕심은 더욱 강해졌다.

이제는 원한 때문도 아니었고, 호승심 때문도 아니었다.

다만 강한 상대에 대한 욕심일 뿐이었다.

승패에 연연하지 않고 보다 강한 상대에게 자신의 검리(劍理)를 풀어내 보고 싶은 순수한 욕심이었다.

이강은 천천히 한 걸음을 내딛었다.

그때 염소천이 차갑게 입을 열었다.

"나는 지금 네게 흥미가 없다. 그러니 내게 다시 도전하려 하는 것이라면 너는 다른 때를 택하여라!"

그리고 염소천은 옆으로 한 걸음을 옮겨 다시 강산에게로 집요한 눈길을 고정시켰다.

그런 노골적인 무시에 대해 이강은 언뜻 당혹스러워하는 모습이었다.

그러나 이강은 이내 엷은 미소를 떠올렸다.

그리고 간단히 뒤돌아섰다., 미련없다는 듯이.

원하지 않는 자와는 겨루지 않겠다?

이강의 그런 모습은 그가 이제쯤에 추구하고 있는 승부가 단순한 승패의 승부가 아닌, 무도(武道)의 승부임을 단편적으로나마 보여주는 것이리라.

별 감정이 없다는 듯이 무덤덤한 표정으로 곁에 와서 서는 이강을 보고 윤파는 피식 웃음을 터뜨리고 말았다, 별 싱거운 놈 다 보겠다는 듯이.

그리고 윤파는 성큼성큼 서너 걸음을 걸어가더니 우뚝 버티고 섰다.

그런데 하필이면 염소천이 고쳐 잡은 강산에게로의 시선을 턱 막아서는 위치였다.

"어이! 애송이! 일에는 순서란 게 있고 또 격이란 게 있는 법인데, 너 같은 애송이가 감히 우리 조장님을 상대하겠다고 무턱대고 설쳐 대면 많이 곤란하지 않겠어?"

다짜고짜 내뱉는 윤파의 거친 말투에 염소천이 힐끗 윤파를 노려보았다.

그러나 그는 곧바로 냉소를 지으며 다시 옆으로 한 걸음을 옮겨 섰다. 역시 상대할 가치가 없으니 무시하겠다는 뜻이리라.

그에 윤파가 인상을 확 긁으면서 본격적으로 한바탕 걸쭉한 입담을 퍼부을 태세인데, 어느새 다가왔는지 강산이 그의 어깨를 툭, 치면서 말했다.

"아무래도 이 친구와 나하고는 전생에서부터 무슨 끔찍한 악연이 있는 모양이야. 대충 털어버리려고 해도 자꾸만 얽혀드니 말이야."

윤파가 그 말에 담긴 강산의 속내를 짐작하지 못할 바는 아니겠지만, 그래도 영 못마땅한 기색이 되고 말았다.

그것을 보고 강산이 다시 저쪽의 삼대전주들을 힐끗 눈짓
으로 가리키며 나직하게 소리를 낮춰 말했다.

"이 애송이는 나한테 넘겨. 그리고 자네는 철금산장의 빚
이나 제대로 받아낼 생각을 해야지! 이자까지 단단히 쳐서 말
이야!"

그 말에는 윤파가 피식 웃음을 흘리고 말았다.

무엇보다도 '애송이' 라는 한마디에서 짐짓 그의 비위를
맞추어주려는 강산의 성의를 느낄 수 있었기 때문이리라.

윤파가 사뭇 불량기있어 보이는 특유의 걸음걸이로 뒤로
물러섰다.

5

불타오르는 듯한 염소천의 눈빛을 덤덤히 받아들이고 있
다가 강산은 불쑥 내뱉었다.

"나는 네게 뺨 몇 대를 때릴 작정이다."

그 느닷없는 말에 염소천은 일시 얼떨떨해하는 기색이 되
고 말았다. 그러나 이내 반사적이다시피,

"개소리!"

하고 외치며 강산을 향해 번개 같은 일장을 쳐냈다.

우우웅!

대번에 두 사람 사이의 대기가 광란하듯이 몸부림쳤다.

일대의 공간 전체가 거대한 경력(勁力)으로 가득 차며 통째로 쇄도해 드니, 그 엄청난 위력은 감히 맞부딪칠 만한 것이 못 되었다.

그 순간에 미동도 없이 가만히 서 있기만 하는 강산은 차라리 체념한 듯이 보였다.

그리고 마침내 그가 섰던 공간 전체가 산산이 바수어졌다.

과과과광!

실로 엄청난 위력이었다.

바로 칠절천마기가 지닌 본연의 위력이었다.

그 경인할 광경에 두 눈만 부릅뜬 채 차라리 침묵하고 있던 군웅들은 뒤늦게 숨죽인 경악을 토해냈다.

"아!"

"아아!"

그러나 바로 이어 군웅들은 또 다른 의미의 경호성들을 쏟아내야만 했다.

"앗!"

"아앗!"

강산이었다.

언제, 어떻게인지는 모르겠으나 강산은 지금 원래 있던 곳에서 옆으로 이 장 떨어진 곳에 서 있었다.

마치 아무 일도 없었다는 듯이 무덤덤한 얼굴을 하고서 말이다.

　그것은 비무대 위를 지켜보고 있던 이천여 군웅의 부릅뜬 눈들을 무색하게 만드는, 참으로 불가사의한 일이 아닐 수 없었다.

　"음……!"

　염운백은 자신도 모르게 나지막한 침음성을 흘려냈다.

　그의 얼굴로 언뜻 한가닥의 어두운 그림자가 졌다.

　염소천의 얼굴 역시 딱딱하게 굳어 있었다.

　지금 그의 능력은 일 년 전과는 비교할 수 없을 정도임에도 불구하고, 상황은 일 년 전 그때와 비슷했다.

　아니, 그때보다 더욱 난감하였다.

　방금의 한 수에서 그는 강산의 움직임을 전혀 따라잡지 못했다.

　아니, 따라잡지 못한 정도가 아니라 아예 시야에서 놓치고 말았다.

　눈으로조차도 따라잡지 못한 것이다.

　그 자신의 능력이 발전을 이룬 만큼, 강산 또한 적어도 그 괴이한 경신법에 있어서만큼은 참으로 놀라운 발전을 이룬 것임에 분명했다.

　염소천은 지그시 어금니를 물었다.

　칠절천마기의 칠성(七成) 경지.

　그것이 가지는 가장 획기적인 의미는 바로 공간 지배 능력의 활용이 본격적으로 가능해진다는 점에 있었다.

그것이야말로 칠성에 이른 칠절천마기의 진정한 위력인 것이다.

칠절천마기의 공간 지배는 다만 기세적이거나 심리적인 것에 그치는 것이 아닌, 실질적이고도 물리적인 지배였다.

염소천의 두 눈이 다시금 차갑게 가라앉았다.

'일 장(一丈)이다! 일 장 반경 내로만 끌어들인다면 천하의 누구라도 나의 지배에서 벗어날 수 없다!'

6

"일 년 전 네게 관용을 베풀면서 전제한 경고에 대해 너는 기억하고 있느냐?"

강산의 목소리는 언뜻 차가워져 있었다.

그 서늘한 냉기에 염소천은 흠칫 잡고 있던 염두의 끝 자락을 놓았다. 그리고 날카로우나 차분한 어조로 반문했다.

"도대체 무슨 소리냐? 네가 내게 무슨 관용을 베풀었다는 것이며, 또한 네 따위가 무엇이기에 감히 내게 경고를 했다는 것이냐?"

"일 년 전 나는 네게 말한 바 있다. 예전 내가 당한 고통에 대해 용서하지는 못해도 잊어버리려고 애는 써보겠다고. 그리고 분명히 경고했다. 안 보면 모르되 눈앞에 보고는 도저히 참지 못할 것이니, 다시는 내 눈앞에 얼쩡거리지 말라고."

그에 염소천이 어이없다는 듯이,

"호호호!"

하고 냉소를 흘린 다음에 강산을 향해 천천히 걸음을 옮기며 말했다.

"그것참, 같잖기 이를 데 없는 소리로구나! 본 공자는 그러한 소리를 들은 바 없거니와, 설령 들은 바가 있다고 하더라도 지금 그 경고를 무시하고 네 앞에 이렇게 섰으니 너는 이제 어떻게 하겠느냐? 하하하! 내게 대가를 치르게 하겠다고 하면서 너는 언제까지 도망만 칠 작정이더냐?"

강산이 또한 가볍게 웃으며,

"후훗! 듣지 못했다? 그러나 나는 분명히 말했으니 네가 듣지 못한 건 나의 잘못이 아니라 어디까지나 너의 사정인 것이다."

하고 말한 다음에,

"이것은……."

하고 다시 말을 잇는 중에 문득 번뜩하며 그의 모습이 그 자리에서 사라져 버렸다. 그리고,

"나의 경고를 무시한 데 대한 대가로서의 한 대이다."

하는 말이 허공중 어딘가에서 들렸다, 강산의 모습은 보이지 않는 채로.

동시에,

짝!

하는 소리가 경쾌하게 울렸다.

모질게도 뺨을 후려갈기는 소리였다.

엉겁결에 뺨을 맞은 염소천의 신형이 쓰러질 듯이 한차례 크게 휘청하였다.

그리고 그가 겨우 중심을 잡고 서는 모습을 보고서야 비무대 아래에서는 갖가지의 경악들이 한꺼번에 새어 나왔다.

"어헛?"

"아아!"

"허!"

그런 중에 염소천은 벌겋게 달아오른 뺨을 손바닥으로 가린 채로 넋이 나간 듯 우두커니 서 있었다.

7

염소천에게서 도저히 믿을 수 없다는 불신과 극도의 당황, 수치와 분노 등의 복잡한 혼란을 읽어낸 순간, 염운백은 자신도 모르게 성큼 한 발을 앞으로 내딛었다.

그러나 그때,

"벌주님!"

하고 귓전에 무겁게 울리는 나직한 소리가 그를 흠칫 일깨웠다.

신극전주였다. 그의 진중한 목소리가 아니었다면 염운백

은 아마도 그대로 달려나가고 말았으리라.

'무언가 잘못되고 있는 것이 아닌가?'

하는 불안감이 순간적으로 염운백의 뇌리를 엄습했다.

그러나 그가 당장에 할 수 있는 일은 없었다. 아직까지는 그가 나서서는 안 되는 상황이었다.

그가 이미 발설해 놓은 선언이 너무도 분명했기 때문이다.

결국 염소천에게 맡겨놓는 수밖에 없었다, 그의 능력을 잠시 더 믿어보는 수밖에.

한순간 염운백의 눈에 반짝하고 한가닥의 엷은 광채가 스쳐 지나갔다.

그의 시선은 몹시 당황하고 위축된 모습인 중에도 주춤거리며 조금씩 강산에게로 다가서고 있는 염소천의 모습을 주시하고 있었다.

그 순간 염운백은 염소천이 무슨 생각을 하고 있는지 짐작할 수 있었다.

그리고 그 또한 염소천의 그 생각에 온전히 동의하였다.

8

"두 번째 뺨을 때리기 전에……."

강산은 담담한 투로 다시 말을 꺼냈다.

그러나 그 말머리만으로도 염소천은 흠칫 긴장하고 마는

모습이었다.

"네게 한 가지를 물을 것인데 너는 신중히 생각하고 나서 대답하는 것이 좋을 것이다. 네 대답 여하에 따라서 이번의 한 수는 단순히 뺨을 때리는 정도가 아니라 네 목숨을 거두는 살수(殺手)가 될 수도 있기 때문이다."

"도대체 무엇을 묻겠다는 것이냐?"

하고 묻는 염소천의 목소리가 가늘게 떨려 나왔다.

"너는 일 년 전 철금산장(鐵琴山莊)에서 벌어진 일에 대해 알고 있느냐?"

순간 염소천은 자신도 모르게 흠칫하였다. 그러나 곧 허리를 쭉 펴고 짐짓 당당한 체,

"물론 알고 있다."

하고 대답했다. 강산이,

"그 일에 관여했느냐?"

하고 다시 물었는데, 염소천이 돌연 날카롭게 웃으며 반문했다.

"하하하! 관여했다고 대답하면 내게 살수를 쓰겠다는 것이냐?"

"그렇다!"

강산이 단호하게 대답하더니 문득 고개를 들어 염소천의 등 뒤, 무황 염운백과 삼대전주들이 있는 쪽을 건너다보았다.

그리고 그 잠깐의 틈을 타 염소천은 강산을 향해 한 걸음을

더 좁혔다.

강산의 시선이 다시금 염소천을 향하였다.

"너는 관여되지 않았다고 하는군!"

그 앞뒤없는 말에 염소천이 일시 의아한 기색이 되며 말한 사람이 누구인지를 묻기라도 할 듯이 한 걸음을 더 다가서는데, 강산이 가볍게 실소하며 덧붙였다.

"훗! 그자에게도 어차피 청산해야 할 빚이 있으니 일단은 그 말을 믿어두기로 하지!"

그런데 바로 그 순간이었다.

쩌어어어엉!

마치 순식간에 사방의 공간이 얼어붙는 듯한 기이한 소리가 울렸다.

소리뿐만이 아니었다.

염소천과 강산을 포함하는 사방의 공간이 어떤 보이지 않는 강력한 힘의 가닥들로 촘촘하게 메워져 버렸다.

그것은 마치 거미줄같이 가늘면서도 강인하기 이를 데 없는 힘의 그물망이었다.

바로 한순간에 폭발한 염소천의 칠성(七成) 칠절천마기가 만들어낸 반경 일 장의 구체 공간(球體空間)인 것이다.

자신이 만들어낸 공간 안에 강산이 갇혀 있는 것을 한 번 더 확인하고 나서야 염소천은 이윽고 느긋한 여유를 가질 수 있었다.

그는 자신했다, 이제 강산은 결코 그의 공간에서 빠져나가
지 못하리라고.

그 공간 안에서만큼은 그는 말 그대로의 절대자이므로.

'조각조각 살점을 뜯어내 주마! 갈기갈기 찢어주마! 네놈
이 생생히 그 고통을 느낄 수 있도록 하나씩 하나씩, 조금씩
조금씩 죽여주마!'

공간을 완벽히 지배하고 있는 칠절천마기의 느낌이 가닥
가닥 생생하게 그의 전신으로 와 닿았다.

참으로 뿌듯하고도 황홀한 느낌이었다.

그것들은 그의 전신감각과 올올이 일체가 된 채로 살아서
꿈틀거리고 있었다.

염소천은 이윽고 칠절천마기를 운용하기 시작했다. 천천
히, 아주 느긋하게.

그런데 어느 한순간, 염소천은 문득 지극히 이질적인 느낌
을 받았다.

모든 것이 그의 지배하에 있는 절대공간에서 돌연 그의 의
지에 반하는 한가닥의 느낌.

있을 수 없는 일이었다.

상상조차 하지 못할 일이었다.

그랬기에 염소천은 놀라거나 경계하기보다는 차라리 의아
했고, 더하여 혼란스러웠다.

바로 그때였다.

염소천은 갑자기 눈앞이 캄캄해질 정도로 호된 충격을 받았다.

짝!

경쾌하면서도 살 떨리는 소리에 동반하여 불같이 뜨거운 충격이 그의 뺨에 작렬했다.

쿵!

쿵!

쿵!

미처 정신을 차리지 못하는 중에 휘청거리며 크게 세 걸음이나 물러나고 난 다음에야 염소천은 겨우 몸을 멈춰 세울 수가 있었다.

그러나 정신은 여전히 멍한 상태였다.

문득 뭔가 뜨거운 것이 얼굴을 타고 흐르는 느낌에 손바닥으로 얼굴을 훔쳤더니, 시뻘건 피가 진득이 묻어났다.

입과 코로 피가 터진 것이리라.

다시금,

"나는……."

하는 강산의 목소리가 들렸다.

그러나 이번에 염소천은 긴장하는 대신 차라리 맥을 놓고 말았다.

방금 그는 그가 할 수 있는 최선을 다했음에도 속절없이 뺨을 맞고 말았으니, 더 이상 그가 해볼 수 있는 것이 없다는 체

넘이었다.

강산의 목소리가 이어졌다.

"네게 한 번의 관용을 더 베풀기로 했다. 더불어 다시 한 번 경고를 하겠다. 이것은 네게 베푸는 나의 마지막 관용이자, 또한 최후의 경고가 될 것이다. 명심해라! 지금 나는 너를 다시 한 번 용서하겠지만 앞으로 한 번만 더 내 앞에 나선다면 그때 나는 너를 필히 죽일 것이다. 천하의 모든 사람들이 나서서 말린다고 해도 기필코 너를 죽이고야 말 것이다. 이 세 번째의 뺨은 그 다짐이자 경고이다."

그리고 동시에,

짝!

하는 통렬한 소리가 울렸다.

순간 염소천의 몸은 펄쩍 뛰듯이 허공으로 떴다가 그대로 의식의 끈을 놓아버린 듯이 힘없이 바닥으로 떨어져 내렸다.

그때였다.

번쩍!

허공을 단축하듯이 빛살처럼 날아온 신형 하나가 막 바닥에 내팽개쳐지려는 염소천의 몸을 낚아챘다.

그리고는 그대로 허공에서 방향을 틀어서는 본래 왔던 방향으로 되돌아갔다.

그것은 보고도 믿기 어려운 실로 경악스러운 신법이었다.

그는 바로 무황 염운백이었다.

　그러나 강산은 염운백의 신형이 본래의 자리로 돌아가는 광경을 끝까지 보지 않았다.

　간단히 뒤돌아선 그는 성큼성큼 걸어서 서활 등이 있는 곳으로 돌아갔다.

<h1 style="text-align:center">八十三
승부(勝負)</h1>

1

강산이 때린 그 세 대의 뺨은 평원의 분위기를 대번에 바꾸어놓았다.

무벌이 강호무림을 좌지우지해 온 것은 벌써 수십 년째이다.

비록 무림맹과의 양분 체제이긴 하였지만 그것이야 어디까지나 필요에 의한 형식적이고도 표면적인 형세일 뿐이었다.

그러니 이번 대회에서 어떤 새로운 힘이 등장하여 무벌이 차지하고 있는 천하제일의 영예와 실질적인 지위와 영향력을 쟁취할 수 있으리라고 믿는 사람은 사실상 없었다.

최근에 폭발적인 기세로 그 위세를 키워가고 있는, 소위 잡
조동맹이 아무리 대단하다고 하여도.

그들이 아무리 구파일방과 오대세가와 마교와 나아가 심
지어는 황제의 권위까지 뒷배로 두고 있다고 하더라도 말이
다.

창천무종(蒼天武宗) 염천월(廉天月)이라는 불세출의 거대
존재에 대해서는 그 생사가 불분명하다는 이유를 들어 제외
해 둔다고 하더라도, 무황 염운백의 존재만으로도 감히 천하
의 누가 그를 상대할 수 있을 것인가?

다시 그 휘하의 삼대전주는? 개개인이 신주심삼존에 속한
절대고수들인 그들은 또 누가 상대할 것인가?

그런 사항들에 대해 대충만 따져 보더라도 오늘의 이 대회
에 몇 가지의 제법 특별한 점들이 있다고 할지라도 그것이 강
호무림의 판세에 어떤 실질적인 변화를 가져오지는 못할, 다
만 한판의 볼만한 구경거리에 지나지 않으리라는 예측을 아
마도 군웅들의 대부분은 이미 의식적으로 혹은 무의식적으로
하고 있지 않았을까?

무벌 측은 물론, 무림맹 측 군웅들까지도.

그런 중에 참으로 난데없고도 엉뚱하기 짝이 없는 강산의
그 세 대의 뺨은, 또한 참으로 역설적이게도 군웅들에게 새로
운 여유를 부여해 주었다.

군웅들이 참으로 당연한 듯이 굳게 지키고 있던 고정관념

들을 소리도 없이 허물어 버리고 보다 흥미롭게, 보다 자유로운 관점에서 이 대회를 지켜보도록 하는 여유였다.

　물론 군웅들은 자신들에게 새로이 생긴 그런 여유에 대해 미처 실감하지 못하고 있을 것이었다.

　"와아!"

　"와아아!"

　비무대 위에서 다시 새로운 일들이 일어나기를 재촉하는 함성이 일었다.

　그에 대해 그 함성이 자신들 측에서 나는 것이 아니라는 이유에서,

　"우우!"

　"우우우!"

　하고 맹목적인 야유가 터져 나오는가 하면, 그 야유에 대해 다시 반대 측에서 더욱 거세게,

　"와아아!"

　"와아아아!"

　하고 함성을 지르며 자신들의 위세를 돋우어 과시하는 통에 드넓은 회야평원이 통째로 들썩이고 있었다.

2

　염운백은 가슴 한구석에서 스멀거리고 있는 작은 불안을

지그시 눌렀다.

그것은 불안이라기보다는 불길함에 가까웠다.

그가 그동안에 당연히 누리고 행사해 왔던 위엄과 위세가 확연히 위축되고 있는 듯한 느낌 때문이리라.

천하를 상대로 세우는 위엄과 위세란 것은 무력과는 깊은 연관이 있으면서도 또 확연히 다른 차원의 것이다.

무력이란 직접적인 힘이다. 개인의 무공, 그리고 집단으로서의 조직력.

그러나 무력의 사용이 계속된다면 그 끝은 자명하다.

반복되는 피와 살육, 그리고 이윽고는 멸(滅)!

칼로 흥한 자, 칼로 망하는 이치 그대로이다.

강력한 무력을 가지고 있음을 보여는 주되, 그 직접적인 행사는 자제하는 것.

그럼으로써 더욱 강력한 영향력을 발휘할 수 있는 이치.

그것이 바로 진정한 위엄과 위세이며, 그것으로부터 강호 무림을 발아래 두고 지배할 수 있는 거대한 권력이 나오는 것이다.

염운백은 가만히 생각을 추슬렀다.

'보여주면 될 일이다. 변한 것은 아무것도 없으며, 또한 구태여 변할 것도 없다는 사실을. 이 염운백이 여전하며, 또한 무벌이 여전하다는 것을.'

염운백은 천천히 옆의 삼대전주들에게로 시선을 향하였다.

차분하나 단호한 눈빛이었다.

3

무벌 측에서 신극전주가 비무대의 가운데로 나오는 것을 보고 윤파와 이강이 동시이다시피 몸을 움찔했다.

그러더니 또한 약속이라도 한 듯이 힐끗 강산과 노달을 돌아보았다.

두 사람의 눈빛에서 이미 뜨거워진 열기는 강자와의 승부에 대한 열망이리라.

노달이 두 사람을 향해 빙그레 웃으며 가볍게 고개를 가로저었다. 그리고 다시 강산을 향해서는 미미하게 고개를 끄덕여 보였다.

강산이,

"괜찮으시겠습니까?"

하고 나직이 묻자 노달은 문득 웃음기를 거두며 담담한 투로 대답했다.

"사실 노부는 염운백과 일전을 겨루어보고 싶네. 승패를 떠나 그것이야말로 이 시대를 사는 무인으로서 누릴 수 있는 최고의 영광이라고 할 수 있을 것이니 말일세. 그러나 지금 우리 앞에 놓인 이 일장(一場)의 승부는 반드시 이겨야만 하는 승부일세. 그러기에 노부는 솔직히 자신이 없네."

강산이 묵묵히 듣고만 있자 노달은 잠시 틈을 두었다가 다시 덧붙였다.

"조장은 우리 모두를 대표하는 사람이자 실질적으로도 최강자일세. 그러니 만큼 가장 무거운 짐은 조장에게 맡기려 하네. 이 승부에 대해 마지막까지 책임져야 할 사람은 바로 조장이라는 점을 명심해 주게."

그리고 노달은 윤파와 서활, 그리고 이강을 차례로 돌아보며 한 번씩 가벼이 시선을 맞추고 난 다음, 다시 빙그레 미소 지으며 말했다.

"조장에게 마지막의 승부를 맡긴 이상, 그리고 자네들의 무공이 제각기 경지에 올라 있으니 만큼 먼저 나서는 것은 누가 되어도 좋을 것이야! 그러나 선봉은 이 늙은이에게 양보해 주게! 아무래도 먼저 나서는 사람의 짐이 가장 가볍지 않겠는가?"

그에 대해 윤파는 표정에서부터 곧바로 수긍하지 못하겠다는 기색이 역력하였고, 이강 또한 만류하려는 기색을 보였다.

그러나 그전에 서활이 먼저,

"예!"

하고 간단히 잘라 대답함으로써 두 사람이 다른 말을 못하도록 막아버렸다.

아마도 서활은 노달에게 자신들의 젊은 결기를 저어하는

마음이 있음을, 좀 더 마음을 가라앉힐 시간을 주려는 것임을 능히 헤아린 것이리라.

지금의 이 승부가 그들 각자에게는 그야말로 목숨을 걸어야 하는 생사투(生死鬪)이며, 더욱이 그 결과에 따라 지금껏 그들에게 협력하고 동조했던 수많은 사람들에게도 어떤 식으로든 영향을 미치게 될 거대한 승부라는 사실에 대해 한 번 더 자각하도록 하려는 것이고, 그럼으로써 각오를 새롭게 다지라는 뜻임을 헤아린 것이리라.

4

"와아아!"

"와아아아!"

회야평원이 떠나갈 듯한 거대한 함성이 멀리까지 퍼져 나갔다가 방향도 알 수 없는 메아리로 되돌아왔다.

신극전주 대(對) 노달.

무벌의 삼대전주 대(對) 마교 교주 진여송(陣與送).

그리고 신주십삼존 대(對) 신주십삼존.

비무대 위에 마주 선 두 사람의 승부에 대해 군웅들 각자가 응원하는 대상은 다르겠지만, 열광하는 마음은 한결같으리라.

파아아아!

신극전주의 검이 한 마리 거대한 백룡(白龍)처럼 허공을 휘돌았다.

보는 것만으로도 눈을 아리게 하는 백광(白光)의 수없는 검기에 유린당한 대기는 일시간 창백하게 질려 버렸다.

와르르릉!

웅혼한 뇌음을 토해내며 태산과도 같은 장력을 담은 노달의 일장이 그대로 허공을 후려갈겼다.

콰쾅!

검기와 장력이 모질게도 부딪치며 벼락 치는 소리가 났다.

강력한 반탄력에 두 사람의 신형이 동시이다시피 뒤로 튕겨났다.

마구 풀어 헤쳐져 산발이 된 백발, 부릅뜬 두 눈에서는 줄기줄기 폭사되는 청록광의 광채.

노달은 그야말로 마신상(魔神像)과 같은 모습으로 변해 있었다.

일순 노달의 신형이 유령과 같이 하늘거리는 잔영(殘影)을 허공에 드리우며 다시 상대를 향해 쏘아나갔다.

동시에 그의 쌍장이 무수히 많은 장영(掌影)을 허공에 흩뿌려 냈다.

콰릉!

콰르릉!

콰콰콰쾅!

콰과광!

쿠우웅!

거대한 격돌음과 함께 사방의 대기가 일으켜 내는 거센 기류가 눈에 보일 듯이 격렬하게 소용돌이쳤다.

두 사람의 신형이 번뜩번뜩거리며 뒤섞이고 있었다.

간간이 눈부신 빛들이 일어나며 허공중에서 격돌했다.

군웅들 중에서 누군가 경악을 참지 못하고 외쳤다.

"검강(劍罡)이다!"

"아아! 전설의 장강(掌罡)이다."

이천여 군웅들은 숨조차 제대로 쉬지 못했다.

두 절세고수가 주고받는 놀라운 신공과 심오한 절기들은 제대로 알아보는 것조차 힘들었다.

그러나 한 치의 양보도 없이 격돌하고 있는 공방의 치열함만으로도 보는 이들로 하여금 잠시도 긴장을 늦출 수 없게 만드는 막상막하의 접전이었다.

신주십삼존의 각자는 적어도 한 분야에서의 경계와 한계를 넘어선 인물들이었다.

그러니 그들 서로 간의 능력에 차이가 존재한다고 하더라도 그것이 다만 미미할 뿐이며, 그럼으로써 그들 간의 승부가 쉽게 나지는 않으리라는 것이 모두의 예측일 수밖에 없었다.

그러나 예상을 뒤집고 승부는 한순간에 갈리고 말았다.

눈부신 검광이 크게 한 번 번뜩이는 순간,

"윽!"

하는 낮고도 무거운 비명이 터져 나왔다. 그리고 동시이다시피,

"큭!"

하고 또 다른 다급한 비명이 뒤따랐다.

그 순간 군웅들은 보았다.

찰나간 허공중에 나타났다가 막 사라지고 있는 묵광의 거대한 천마상(天魔像)을.

그 기이한 환영(幻影)을 보고 군웅들 중의 누군가가 짧은 탄성을 발하며 외쳤다.

"아! 환마체(幻魔體)다!"

그랬다. 그것은 바로 환마체였다. 진정한 천마지존공(天魔至尊功)의 정수.

신마전주는 우뚝 버티고 서 있고, 노달은 비틀거리며 뒤로 물러서고 있었다.

그런데 왼쪽 어깨를 감싸 쥐고 있는 노달의 오른 손가락 사이로 세찬 핏줄기들이 뿜어지고 있었다.

그제야 군웅들은 확연히 깨달을 수 있었다, 그 자리에 있어야 할 노달의 왼팔이 없다는 것을.

그때,

팟!

하고 하나의 신형이 다급히 쏘아와서는 비틀거리는 노달의 몸을 부축하며 신속하게 그의 왼 어깻죽지 절단 부위의 혈도를 봉쇄했다.

"왜 이렇게 무모하게……?"

이강의 목소리가 가늘게 떨려 나왔다.

노달이 그렇게 간단히 자신의 팔 하나를 희생한 데 대한 경악이었다.

비록 조금씩이나마 분명히 우세를 점해가고 있는 중이었는데 말이다.

노달은 고통으로 일그러진 표정 중에도 빙그레 미소를 피워 올렸다.

"이미 마교를 되찾았는데 노부가 무엇을 더 바랄 것이며, 늙어 쓸모없어진 팔 하나쯤 없앤다고 해서 무슨 문제가 되겠느냐? 더욱이 네가 있지 않느냐?"

이강의 안색이 언뜻 무거워졌다. 그때,

쿵!

하고 신극전주의 신형이 뒤로 무너졌다.

멀쩡해 보이던 그의 가슴 부위 옷자락이 그제야 먼지로 화해 허공중으로 날아갔는데, 아마도 그의 내부 또한 비슷하리라.

첫 번째의 승부를 맡은 이상, 노달은 다만 이기는 데만 목표를 둘 수는 없었다.

반드시 이기되, 분명하게 이겨야만 했다.

그럼으로써 군웅들에게 명확한 의미를 남겨주어야만 했다.

무벌이 더 이상 무적이 아님을.

무벌이 더는 이 시대의 신화로 남을 수 없음을.

그리고 무엇보다도 잡조의 젊은이들에게 명확한 의미를 남겨주어야만 했다.

이 일 장의 승부에서 그들이 반드시 이길 수 있다는, 이겨야만 한다는 필승의 신념을 부여해 주어야만 했다.

"와아아!"

"와아아아!"

뒤늦게 거대한 함성이 터져 나왔다, 회야평원이 떠나갈 듯이.

5

윤파는 성큼성큼 걸어나가서 말없이 버티고 섰다.

무벌 측에서 아직 나서는 사람이 없음에도 그가 먼저 나가서 기다린다는 것은, 상대가 누가 되든 간에 이번에는 자신의 차례라는 결연한 의사 표시일 것이었다, 이강과 서활에 대해 미리 해놓는.

윤파 대(對) 지극전주.

두 번째의 승부는 그들 두 사람의 승부였다.

"덤벼라!"

두 자루의 검을 중단(中段) 어림에서 가볍게 엇갈리며 윤파는 나직이 포효했다.

그 거칠고 무례하기 짝이 없는 도발에 대해 군웅들 사이에서 당장에 몇 마디의 야유와 질타들이 흘러나왔다.

그러나 그것들은 윤파에게는 들리지 않았다.

그는 이미 자신의 모든 것을 오로지 상대에게로만 집중하고 있었다.

그가 누구이든, 나이가 많든 적든, 지위가 높든 낮든, 일단 마주 검을 겨눈 이상 다만 상대일 뿐이었다.

지극전주는 맹렬히 도를 떨쳐 내는 것으로써 젊은 상대의 도발에 대한 대답을 대신했다.

와르릉!

와르르릉!

지극전주의 도가 무거운 울음소리를 토해내며 무수히 많은 칼 그림자를 겹겹이 만들어냈다.

수백수천의 도영(刀影)들이 이윽고는 견고한 벽을 이루어서는 공간을 통째로 짓뭉갤 듯이 밀고 들어왔다.

파팟!

파파파팟!

윤파의 쌍검이 눈부신 속도로 허공을 누비기 시작했다.

타라라라랑!

따다다다당!

지극전주의 도와 윤파의 쌍검이 어울리며 순간순간 무수한 격돌을 일으켰다.

그러나 그의 쌍검이 그려내는 궤적들은 지극전주의 도벽 앞에서 차라리 무모해 보였다.

당랑거철(螳螂拒轍)! 마치 한 마리 사마귀가 앞발을 들고 거대한 수레바퀴를 멈추려 하는 것처럼 보였다.

윤파는 잇달아 밀려나고 있었다.

사실 모든 비교에서 그가 밀리는 것은 당연했다. 내공에서도, 검초의 막측한 변화와 숙련의 깊이에서도.

그러나 밀리면서도 윤파는 결코 수세를 취하지 않았다. 오로지 공세 일변도였다.

한번 발동된 그의 쌍검은 도무지 멈출 기색없이 저돌적으로 공간을 누볐다.

적어도 그의 두 자루 검 중 한 자루는 반드시 공세를 취하고 있었다.

종으로 내려치고, 사선으로 그어 올리며, 다시 거칠게 방향을 돌려 횡으로 공간을 가로로 베어버리는 식의 거칠고도 단순한 궤적들이었다.

그러나 그런 중에도 냉정하고도 치열하였으며, 무엇보다도 불굴의 투지로 맹렬히 불타오르고 있었다.

그의 쌍검은 마치 파도와 같았다.

한 번의 파도가 밀려가고 나면 곧바로 그다음의 파도가 밀려갔다.

그렇게 끝없이 밀려가는 것이다.

물러섬은 없었다. 오로지 부딪쳐 갈 뿐이었다.

살아 있는 적응력이랄까?

윤파의 쌍검은 지극전주의 거대하면서도 심오막측(深奧莫測)의 변화를 담은 도세(刀勢)에 대해 빠르게 적응해 가고 있었다.

그의 쌍검은 상대적으로 거칠고 또한 상대적으로 단순해 보였으나, 반면에 매번 새로웠다.

그의 쌍검이 만들어내는 매번의 새로움은 가히 무식무초(無式無初)라고 할 만했다.

그것이야말로 바로 기상천외, 전대미문의 정반합삼십육검(正反合三十六劍)이었다.

파아아아아!

맹렬하게 펼쳐지는 윤파의 쌍검에서는 이제 완연히 파도소리가 났다.

잔잔하게, 거칠게, 사납게 움직이는 그의 쌍검은 검의 바다를 만들었고, 그 검해(劍海)는 이윽고 온 천지를 뒤덮었다.

좌검(左劍) 반(反)의 비파뇌전(飛波雷電), 우검(右劍) 정(正)의 혈해등룡(血海登龍).

좌검(左劍) 정(正)의 벽해도도(霹海滔滔), 우검(右劍) 반(反)의 만해귀일(萬海歸一).

좌검(左劍) 반(反)의 환환비해(幻幻秘海), 우검(右劍) 정(正)의 환환비해(幻幻秘海).

좌검(左劍) 정(正)의 환환비해(幻幻秘海), 우검(右劍) 반(反)의 잠해탈혼(潛海奪魂).

좌검(左劍) 정(正)의 잠해탈혼(潛海奪魂), 우검(右劍) 반(反)의 격랑노도(激浪怒濤).

좌검(左劍) 반(反)의 환환비해(幻幻秘海), 우검(右劍) 정(正)의 격랑노도(激浪怒濤).

……

삼십육검(三十六劍)이 칠십이검(七十二劍)이 되고, 다시 일백사십사검(一百四十四劍)이 되고, 다시 끝없이, 끝없이 조합되어 이윽고는 무궁무한의 검이 되고 있었다.

윤파는 스스로가 만들어낸 검의 바다 속으로 몰입해 들었다.

카캉!

카카카캉!

채채채챙!

카카카캉!

손끝으로, 그리고 심장으로 전율처럼 전해져 오는 치열한 느낌도 무한한 바다 속으로 그저 녹아들 뿐이었다.

지극전주는 점차 혈인(血人)으로 화해가고 있었다.

그러나 윤파의 쌍검은 조금도 늦춰지지 않았다.

그의 검해(劍海)는 점차 선명한 붉은빛의 혈해(血海)로 변해가고 있었다.

어느 순간,

"크윽!"

한마디의 고통스러운 신음에 윤파는 퍼뜩 무아지경에서 깨어나며 자신이 펼쳐 놓은 혈해를 거두어들였다.

그때 지극전주는 전신에 무수히 새겨진 상처들의 출혈을 견디지 못하고 끝내 바닥으로 무너지고 있었다.

6

천극전주가 앞으로 나서는 것을 보고 이강은 곁의 서활을 돌아보았다.

서활이 보니 이강의 눈빛은 뜨거운 중에도 차분히 가라앉아 있었다.

그에 서활은 엷게 웃으며 흔쾌히 고개를 끄덕여 주었다.

그러나 그는 몰랐다, 한 여인의 원망스러운 눈길이 그의 등 뒤로 꽂혀들고 있다는 것을.

어차피 모두가 비무대 위에 올라 있는 처지이니 누구를 걱정하고 누구를 걱정하지 않을 수 있으랴?

그러나 선변이 이때만큼은 야심과 포부의 여장부가 아니라, 연인에 대한 걱정에 가슴 졸이는 스물한 살 여린 가슴의 여인일 뿐이었다.

번쩍!

천극검주가 가볍게 한 번 검을 휘두르자, 눈부신 백광의 검광 한 가닥이 경쾌하게 허공을 가로질렀다.

그러나 허공중에서 검광은 사라지지 않았다.

그것이 사라지기 전에 다시 한 가닥의 검광이 생겨났고, 그리고 다시 또 한 가닥이…….

꼬리를 물고 검광이 일어나는 중에, 아아! 빛의 무리가 생겨나고 있었다.

그리고는 한순간 온 허공은 눈부신 빛의 검으로 가득 채워졌다.

"광검(光劍)이다!"

군웅들 중에서 누군가 경악하여 외쳤다.

그러나 그 외침은 별다른 공감을 얻지는 못했다.

모두가 비무대 위에서 벌어지는 희대의 광경에서 잠시도 주의를 돌리지 못하고 있는데다, 천극전주가 지금 펼쳐 내고 있는 눈부신 빛의 무리가 검의 궁극 경지라는 광검과는 완연히 다른 것임을 아는 이들이 적지는 않았기에.

스르룽!

특유의 맑고 청명한 울음소리를 토해내며 청홍검의 검신이 모습을 드러냈다.

이강이 천천히 청홍검을 세워 들자 투명의 맑은 검광이 은은히 사방으로 번져 나갔다.

그러나 천극전주가 만들어낸 눈부신 빛의 공간에 비교하자니, 이강은 지금 가슴 앞에 세워 든 한 자루 보검에 기대어 힘겹게 버티고 선 모습일 뿐이었다.

그런 중에도 이강은 움직이지 않았다.

아니, 감히 움직이지 못하는 것으로 보였다.

조금이라도 움직인다면 그 즉시로 천극전주의 빛의 공간이 육합의 방위를 온통 메워들며 그 무수한 빛의 검으로 그의 전신을 난도질하고 말 것이기에.

이강의 청홍검 또한 움직이지 않았다.

미동조차도 하지 않았다.

그러나 어느 순간,

사라랑!

사라라라랑!

맑은 무음(無音)의 소리가 울렸다.

그 소리는 검의 울림이라든지 바람을 가르는 소리라고 하기에는 너무도 맑고 그윽한 소리였다.

아니, 실제로는 아무에게도 들리지 않음에도, 들리는 대신 마치 눈으로 보이는 듯한 맑디맑은 검의 소리였다.

그런 가운데 이강의 검에서는, 혹은 그의 몸에서는 한 무리의 희미한 광채가 스며 나오고 있었다.

그리고 그 희미한 광채의 무리는 이내 은은하게 일렁이며 사방의 공간으로 퍼져 나갔다.

그리고 그것은 또한 천극전주의 그 눈부신 검광의 공간 안으로도 스며들었다, 그 엄밀하고도 거대 웅장한 눈부신 빛의 공간 속으로.

기이한 것은 그처럼 희미한 광채가 강렬한 빛의 공간 속을 능히 퍼져 나가고 있다는 것이다.

아니, 잠식해 가고 있었다. 무너뜨려 가고 있었다.

이강의 청홍검에서 발산되고 있는 그 희미한 광채는 마치 자욱하게 천지를 뒤덮은 새벽안개를 소리도 없이 스러지게 만드는 아침 햇살과도 같았다.

이글거리는 한낮의 태양과는 비교할 수 없이 그저 따사로울 뿐이지만, 눈이 멀 듯이 눈부시지 않아 마주 바라볼 수 있을 정도이지만, 그러나 세상 무엇보다도 광휘롭기 이를 데 없는 이른 아침의 첫 햇살.

아아! 그것은 바로 태극혜검이었다.

마침내 그 궁극의 경지인 태극혜(太極慧)에 접어들어 뿜어내는 투명의 지극광(至極光)이었다.

그 장엄하고도 광휘로운 빛에는 투지마저 사그라지고 마는 신묘(神妙)의 기운이 있었다.

그러나 이강의 태극혜는 아직까지 천극전주를 마음으로 굴복시키는 경지에는 이르지 못하였다.

그런데 한순간,

고오오오!

태극혜의 장엄광 중에서 한 가닥의 기이한 묵광이 일더니 그때쯤 마치 하나의 광구(光球)처럼 자신의 주위로 축소되어 있던 천극전주의 눈부신 검광의 공간을, 그 극강한 힘의 결집체를 그대로 관통해 버리는 것이었다.

그저 있는 그대로의 대기(大氣)를 지나가듯이 무심히.

"윽!"

나지막한 비명과 함께 천극전주의 주위를 감싸고 있던 눈부심이 일시에 사라져 버렸다.

천극전주의 두 눈은 부릅떠져 있었다. 그러나 그 눈에는 이미 생기가 없었다.

이강의 그 한 가닥 기이한 묵광에 의해 천극전주의 내부는 이미 가루로 변해 버린 것이다.

그것은 바로 극성의 천마지존공이었다.

천마지존공의 절대패기였다.

“아아! 혜검이다! 진정한 태극혜검의 현신이다.”

그의 나직한 중얼거림은 가늘게 떨려 나왔다.

누가 들을까 저어하는 듯이 억눌린 목소리로, 그러나 감격에 겨워 가늘게 토해내는 탄성이었다.

만약 자신이 무림맹주의 입장이 아니었다면 그는 목청껏 소리라도 쳤을 것이다,

“보아라! 저것이 바로 무당검이노라! 저것이 바로 무당의 무상검이며, 무당의 영광인 태극혜검이노라!”

라고.

“와아아아!”

“우와아아아!”

거센 군웅들의 환호 소리를 아득히 먼 곳에서 들려오는 그와는 아주 무관한 소리처럼 흘려들으며 이강은 천천히 청홍검을 거두어들였다.

마음이 참으로 무거웠다.

태극혜를 펼치는 중에 불쑥 치고 들어온 천마의 패기.

그것은 그가 전혀 의도하지 않은 것이었다.

그럼으로써 그것은 곧 그가 이제부터 진정한 궁극을 향해 나아가는 데 있어 걸림돌이 될 것임에 분명했다.

그러나 이강은 천천히 마음을 추슬렀다.

그 걸림돌을 부정하거나 거부하지는 않기로 했다.

걸림돌이라고 하더라도 그것마저도 그의 것이었다.

차라리 인정하고 받아들이는 것이 옳은 길이었다.

부정하고 버릴 대상이 아니라, 극복해 나가야 하는 대상인 것이다.

그런 점에서 그의 앞에는 헤쳐 나가야 할 길이 아직도 많이 남아 있다.

누구와도 함께 갈 수 없는, 오로지 그 혼자서 헤쳐 나가야만 하는 길이었다.

7

회야평원의 흥분과 함성은 좀처럼 가라앉지 않았다.

그것은 강호에 두 명의 젊은 절대검존(絶對劍尊)이 새로이 탄생한 데 대한 경이로움 때문이리라.

가까운 장래에 무림이신(武林二神)이라 불리게 될, 젊은 절대자들의 역사적 탄생이었다.

무적혈신(無敵血神) 윤파!

무당검신(武當劍神) 이강!

그럼으로써 신주십삼존으로 대변되는 시대는 이미 구시대가 되었다.

무황 염운백을 비롯한 그들 중 대부분이 여전히 건재하다지만, 그러나 시간은 흐르는 것이고 세상의 인심은 한발 앞서 변하는 것이 아니던가?

　이제부터의 무림은 새로이 등장한 젊은 절대자들에 의해 그 판도가 재편될 것이고, 그들에 의해 새로이 만들어져 나갈 것이다.

　그들의 시대, 새로운 시대가 이미 시작된 것이다, 바로 이곳 회야평원으로부터.

八十四
일척(一擲)

1

"참으로 놀랍구나! 너희들이 이렇게까지 강해졌으리라고는 미처 상상하지 못했던 일이다."

나직이 감탄하고 난 다음에 무황 염운백은 문득 빙그레 웃음을 떠올리며 강산을 향해 물었다.

"이제 어떻게 하겠느냐?"

강산이 담담히 반문했다.

"무엇을 말이오?"

"이제 비무대 위에는 나 혼자이다."

"그래서 어떻단 말이오?"

강산의 반문이 조금은 시큰둥해졌다. 순간 염운백이 돌연 광소를 터뜨려 냈다.

"으하하하하!"

와르릉!

비무대가 통째로 울렸다.

그 엄청난 음파에 군웅들 중 앞쪽에 있던 자들 몇이 귀를 틀어막고, 혹은 급하게 운기에 들어가는 모습들이 속출하고 있었다.

그런 중에 염운백이 문득 광소를 그치며 오연하게 외쳤다.

"나는 무황 염운백이다. 나 한 사람으로서 능히 무벌 전체를 대표하고, 또한 대신할 수 있다. 그러니 너희들은 모두 한꺼번에 덤비겠느냐, 아니면 격식을 차려 차례대로 도전할 것이냐?"

그 외침은 강산에게가 아닌, 무림천하를 향해 외치는 당세 제일인(當世第一人)의 포효였다.

그리고 결코 과장된 것이 아니었다. 당당하고도 오연한 자부심으로 묻는 외침이었다.

그러나 강산은 주저없이 대답을 내놓았다.

"나는 잡조의 조장이오!"

그가 이미 했던 바 있는, 짧고 간단하며 평범한 대답이었다.

그럼으로써 이 순간 차라리 특별하게 여겨지는 대답이기도 했다.

그리고 강산은 천천히 좌우를 돌아보았다.

그 눈길에 먼저 노달이 비어버린 한쪽 소매를 펄럭이며 비무대 아래로 신형을 날렸고, 이어 윤파와 이강, 그리고 서활이 일제히 도약하여 비무대 아래로 신형을 쏘아갔다.

그럼으로써 비무대 위에는 마침내 두 사람만이 남았다.

이 시대의 절대자 무황 염운백.

그리고 강산.

2

팡!

승부의 시작을 선언하듯이 염운백은 아주 가볍게 일장을 쳐냈다.

아무런 변화 없이 그저 밋밋한 일장이었다.

강산은 가만히 선 자세로 그 일장을 받았다.

무형방호막이 저절로 일어났으며, 또한 탄능과 발능이 동시에 발휘되었다.

염운백의 그 일장이 아무리 가벼운 것이라고 하더라도 무명을 휘둘러 대응하지 않는 다음에야 강산에게는 그 수밖에 다른 수는 없었다.

쿵!

격돌의 여파는 의외로 무거워서 넓은 비무대 전체가 부르르 진동할 정도였다.

군웅들은 침묵하는 가운데 소리없는 경악을 토해냈다.

비록 한 번의 가벼운 부딪침에 불과했지만 조금도 밀리지 않는 강산에 대한, 더욱이 조금도 당황하거나 긴장한 모습이 아닌 강산의 모습에 대한 경악일 것이었다.

염운백에게도 약간의 놀라움이 있었다.

방금의 일장에 그가 칠절천마기를 실었음에도 강산이 이렇다 할 반응을 보이지 않은 것에 대해.

순간 그의 뇌리로 짧은 기억의 한 토막이 빠르게 스쳐 갔다.

일 년 전 그때도 그랬었다.

그때도 강산은 그의 칠절천마기가 담긴 일 장을 정면으로 맞받고도 다만 내공의 차이에 의해 충격을 받은 모습이었을 뿐, 막상 칠절천마기가 가지는 절후(絶後)의 위력에는 별로 영향받지 않는 모습이었다.

"너의 무공이 어느 유파로부터 비롯된 것인지 물어봐도 되겠느냐?"

하고 묻는 염운백의 목소리는 은연중에 무거워져 있었다.

3

이 장의 거리를 두고 마주 선 채 나직하고도 담담하게 건네

오는 염운백의 물음에 대해 강산은 설핏 난감해지고 말았다.

예상치 못한 물음이었다.

굳이 대답을 해야 할 것도 아니었지만 문득 생각해 보니,

'과연 어디로부터, 그리고 무엇으로부터 비롯된 것일까?'

하고 그 스스로부터가 오히려 궁금해지는데, 대답을 하려고 한대도 대답할 것이 없지 않겠는가?

그리고 그 순간 떠오른 한 노인의 모습.

아득한 옛일이나 되는 것처럼 기억에서 지워져 버렸다고 여겼는데 문득 떠오른 그 모습은 스스로도 뜻밖일 정도로 생생하기만 했다.

남루한 행색, 백발, 중키에 몹시도 야윈 몸매, 둥글둥글 밋밋한 윤곽의 오관, 수염은 아예 없이 유독 귀 부근까지 길게 뻗은 하얀 눈썹, 얼굴은 물론이고, 목과 손 할 것 없이 밖으로 드러난 피부 전체를 뒤덮은 실주름, 해맑게 웃을 때 보이는, 이가 하나도 없는 벌건 잇몸.

이어 그의 뇌리로는 그 짧았던 인연이, 그러나 지금 이 자리에 그를 서 있게 만든 그 거대한 인연의 시작이 찰나간 주마등처럼 스쳐 지나갔다.

근 이백 평생을 꼬박 바쳤다던 비방.

몸으로만 외울 수 있다는 삼백육십 가지의 주문(呪文).

삼백육십관(三百六十關).

관문들이 차례로 돌파되기 시작하면 완전하게 새로운 몸

으로 개조된다고 하던 얘기.
　그러나 사람의 의지와 노력으로 되는 게 아니어서 십 중 십 관문은 돌파되지 않을 거라고 하면서도, 강산으로서는 도시 알아듣지 못할 일관통(一貫通)이며, 이관통(二貫通)이며, 그리고 반극오관통(半極五貫通)이며, 궁극십관통(窮極十貫通)에 관해 주저리주저리 읊어내고는,

　“헐헐헐!”

　허물거리는 웃음소리로,

　“뭐 그냥 그렇다는 것이니, 새겨들을 건 없네!”

　하던 모습.
　진지하게 듣지도 않았으면서 다만 취한 기분에,

　“제 몸에 새겨진 그 주문인지 관문들인지가 정말로 왕창 다 터져 버린다면 그때는 도대체 뭐가 어떻게 된다는 겁니까?”

　하고 그가 불뚝거리며 물었을 때,

　“그런 일이 정말로 현실로 된다면 그때는 뭐라고 할까? 혹시 인

간 중의 신(神)과 같은 존재가 되지나 않을까?"

하고 허허롭게 웃던 노인의 모습.

술 잘 마셨다며 문득 자리를 털고 일어서는 노인에게 그가 새로 분주(汾酒) 한 병을 주문하여 가지고 가시라며 건넸을 때 빙그레 짓던 노인의 웃음. 취한 중에도 참으로 온화하고도 편안하다고 느꼈던 그 웃음.

그것이 다였다, 그의 무공—무공인지에 대해서는 여전히 확신이 없지만—이 비롯된 데 대해 그가 말할 수 있는 것은.

아스라하게, 그러나 찰나간 펼쳐 놓았던 기억의 자락을 가만히 접어 넣으며 강산은 차분하게 대답을 꺼냈다.

"솔직히 말하자면, 그것에 대해서는 나도 잘 알지 못하오."

표현 그대로 솔직한 말이었다.

그러나 염운백은 곧바로 차가운 노기를 떠올렸다.

동시에 강산은 자신이 천 가닥 만 가닥의 질기디질긴 진기의 실에 겹겹이 묶여 버렸다는 사실을 깨달아야만 했다.

이미 염소천에게서 한 번 경험한 바 있는 현상이었다.

아무런 흔적도 없이 순식간에 공간을 장악해 드는, 기이한 공간 지배력.

그러나 그 위력은 천지 차이였다.

염소천의 경우, 강산은 순간적으로 탄능과 발능을 발휘하여 틈을 만듦과 동시에 금강부동신법으로 그가 장악한 공간을 벗어날 수 있었다.

그러나 지금은 그런 것이 아예 불가능하였다.

강산은 전력으로 탄능과 발능을 일으켰음에도 운신할 조금의 틈도 만들지 못하였다.

그리하여 금강부동신법을 전개할 시도조차 해보지 못한 채 염운백이 지배하는 공간에 완전히 갇혀 버리고 만 것이다.

참으로 엄청난 장악력이었다.

가히 절대적인 지배력이었다.

강산은 무황이 지배하는 그 절대의 공간에서 빠져나가기를 일단은 포기하였다.

그리고 차라리 그 절대공간을 촘촘히 지배하고 있는 염운백의 힘을 흡수하려는 시도에 들어갔다.

바로 흡능과 교류능이었다.

사실 그 두 가지의 공능이 상대의 진기와 원기(元氣)까지 흡수해 버리는, 참으로 잔인한 수법이라는 점에서는 강산으로서도 꺼림칙하기 여기는 부분이 있었다.

그러나 지금의 다급한 상황에서 그런 것을 가릴 처지는 못 되었다.

4

‘이것은?’

염운백은 흠칫 놀라고 말았다.

갑자기 그의 내력이 강산에게로 빨려들어 가고 있었다.

그것은 아주 특이한 방식이었다.

마치 수백 개의 서로 독립된 흡원(吸原)이 동시에 발동하여 그의 내력을 빨아들이는 듯한 기이한 느낌. 아니, 실제의 세찬 흡류(吸流)였다.

그러나 그가 놀라는 것은 그 기이한 흡류 자체보다는 오히려 다른 것에 있었다.

좀 전에 그는 강산의 내력에서 튕겨내고 밀어내는 상당히 독특한 특성을 경험한 바가 있었다.

그러나 상당히 특이한 종류의 내공이라고 느끼긴 했으나 놀랄 정도까지는 아니었다.

그런데 지금 강산의 내력이 돌연 그의 내력을 끌어당겨 흡수해 들이려 하고 있는 것에 대해서 그가 마침내 놀라운 심정으로 되지 않을 수 없는 것은, 바로 그의 칠절천마기가 가지는 특성과의 유사성 때문이었다.

튕기고, 밀고, 당기고, 흡수하는 그 특성들은 비록 그 방식에 있어서는 차이가 있긴 했으나 기본적인 성질에 있어서는 바로 칠절천마기가 고유하게 가지는 특성 중의 몇 가지와 동일한 것이었다.

염운백은 문득 희미하게 미소를 떠올렸다.

강산의 특이한 내력 특성에 대해 그가 잠깐이나마 놀라워한 것은 사실이나, 강산의 그것이 결국은 그의 칠절천마기의 아류(亞流)라고 평가해야 할 정도로 몇 수 아래의 수준이기에 저절로 가져지는 여유였다.

물론 호기심이 생기기도 했다.

그는 강호에서 소위 절학이라 평가되는 내공심법들의 특성에 대해 다양하게 섭렵한 바가 있는데, 그것들 중 칠절천마기와 유사한 특성을 가졌다고 할 만한 것을 본 적은 없었다.

그러니 지금 칠절천마기의 방식과는 또 다른 기묘한 방식으로 일부의 특성들을 동일하게 구현해 내고 있는 강산의 내력 운용법에 대해 비록 생사와 향후 강호의 판도를 걸고 서로 겨루는 입장 중이긴 하지만 한 사람의 무인으로서, 그리고 확연한 우위를 점한 강자(强者)의 입장으로서 아주 잠깐의 호기심을 가져 보는 것은 당연한 일일 것이다.

5

강산은 전혀 생각지도 못했던 상황에 부딪쳤다.

그의 흡능과 교류능이 통하지 않고 있었다.

그를 둘러싼 상대의 진기는 흡능과 교류능에 대해 아주 교묘한 대응을 해오고 있었다.

밀어내는가 하면 한순간 잡아당겼고, 분산하는 듯하다가

는 돌연 단단히 뭉쳐 들었다. 그리고 다시 튕겨내는가 하면 어느새 미끄러져 달아났다.

그러는 바람에 강산의 흡능과 교류능은 상대의 진기를 흡수해 들이기 전에 제풀에 꼬이고 뒤틀려 버리기 일쑤였다.

만약 강산의 내력이 삼백육십관의 독특한 특성을 지니지 않았다면 그처럼 제멋대로 꼬이고 뒤틀리는 스스로의 내력으로 인해 벌써 주화입마의 화를 당하고 말았을 것이다.

아니, 주화입마를 당하기 전에 자신의 진기부터 상대에게 죄다 빨리고 말았을 것이다.

그랬다.

놀랍게도 염운백의 칠절천마기에도 또한 흡기(吸氣)의 기능이 있었다.

강산의 흡능이나 마교의 흡성대법(吸星大法)과 지극히 유사한 기능이 말이다.

칠절천마기가 가지는 놀라움은 그뿐만이 아니었다.

강산의 삼백육십관이 발휘할 수 있는 몇 가지의 공능, 즉 흡능, 발능, 탄능, 교류능과 비슷한 능력들을 칠절천마기 또한 발휘해 내고 있었다.

어찌 보자니 그러한 공능들을 포함해 칠절천마기는 보다 다양한 공능들을 발휘하고 있는 것 같았으며, 더욱이 강산의 공능들보다 오히려 깊고 치밀한 운용상의 묘용(妙用)과 세기(細技)를 부려내고 있는 것 같았다.

그리하여 염운백의 참으로 능란하고도 복잡다단한 내력 운용에 얼마 지나지 않아 강산은 감히 마주 대응할 엄두를 내지 못할 지경에 이르고 말았다.

그것은 차라리 아주 능란한 유희요, 희롱이었다.

이윽고 강산은 철저한 수세(守勢)로 전환하지 않을 수 없었다.

그런 중에 요행이라고 할 것은, 강산의 삼백육십관이 지니는 독특함이 그에게 마지막 한 가지의 유력한 수단을 부여해 주었다는 점이다.

바로 외부로부터 스스로를 폐쇄시켜 버리는 수단이었다, 철저하고도 완벽하게.

6

한순간 염운백은 약간의 당혹스러움을 느끼고 말았다.

강산은 아예 저항을 포기한 듯했다.

마치 대가리와 사지를 단단한 껍질 속으로 집어넣은 거북이처럼 철저히 문호를 걸어 잠근 채 무작정으로 버티고만 있는 형세였다.

그런데 놀랍지 않을 수 없는 사실은, 강산이 비록 잔뜩 웅크려 볼썽사납고 우스꽝스럽기까지 한 모양새이긴 했지만 칠절천마기의 계속된 압박과 침투에도 불구하고 그가 굳건히 버텨내고 있다는 점이었다.

상대할수록 강산의 내력 체계는 참으로 상상 밖이었다.

우선은 강산의 내력 운용의 근저(根底)가 어떻게 되는지에 대해 짐작하기가 어려웠다.

단전은 아니었다. 단전을 중심으로 수발(受發)되는 진기의 흐름이 감지되지 않았으니까.

그렇다고 내력이 없는 것은 결코 아니었다.

강산의 내부에는 그의 내력에 필적할 만큼의 놀라운 내력이 있음이 분명했다.

다만 그것이 어느 순간에는 폭발적으로 발산되었다가 또 어느 순간에는 어디로 잠적해 들었는지 종적을 찾을 수 없게 되니, 도대체 그 운용의 방식과 체계를 짐작조차 해볼 수가 없는 것이었다.

하긴 강산의 내력이 삼백여 개의 관통된 관문별로 독립되어 운용되고 있다는 것을 그 아니라 강호의 어느 누구라도 상상이나 할 수 있으랴!

그러나 몇 가지의 의혹에도 불구하고, 염운백은 자신이 승리할 것이라는 데 대해서는 조금도 의심하지 않았다.

아니, 이미 벌써부터 그의 승리는 기정사실이었다.

사실 그 몇 가지의 의혹이 아니었다면, 또 그 의혹들로 인해 강산의 무공에 대해 제법 특별한 흥미가 발동하지 않았다면 그는 벌써 칠절천마기를 극성으로 끌어올렸을 것이다.

물론 그 결과는 강산을 한 줌의 핏물로 쥐어짜 버리는 것일
터였다.

둘 사이에 벌어지고 있는 내력 공방의 일방적인 양상은 누
가 보더라도 그 승패를 뚜렷이 구분할 것이었다.

그러니 그가 이대로 칠절천마기를 거두고 승리를 선언한
다 해도 조금도 하자가 없을 것이었다.

그러나 염운백은 보다 명백하고 뚜렷하며, 보다 정략적인
승리를 바랐다.

이천여 군웅에게, 나아가 무림천하를 상대로 그가 왜 무황
이라 불리며 천하제일인으로 불리는지를, 그리고 무벌이 왜
천하제일세로 불리는지를 강력히 각인시켜 다시는 지워지지
않도록 만들기에 충분할 만큼의 완벽한 승리를 바랐다.

염운백은 담담한 미소를 떠올렸다. 그리고 나직한 목소리
로 말했다.

"죽이기 전에 칠절천마기의 진정한 위력이 무엇인지 분명
히 실감시켜 주마!"

물론 대답을 기대하지는 않았다. 강산의 지금 처지가 대답
을 할 만큼 여유있는 것이 못 됨을 누구보다 잘 알고 있었으
므로.

7

강산은 무기력에 빠져 있었다.

염운백의 절대공간 속에서 오로지 버티고 있는 것 외에는 아무것도 할 수 없다는 무기력함이었다.

그런데 어느 순간 그 절대의 공간에서 아주 작은 변화 하나가 일어났다.

무한한 위력과 묘용을 지녀 감히 다투어볼 엄두조차 내보지 못하였던 염운백의 진기가 갑자기 그에게로 흡수되어 들어오기 시작하는 것이 아닌가?

아아! 흡능과 교류능이었다.

무용지물이던 그 공능들이 돌연 통하기 시작한 것이다.

그러한 갑작스러운 변화가 염운백의 의도에 따라 이루어지고 있다는 것에 대해 강산이 염두를 굴려볼 겨를은 조금도 없었다.

사실 염운백은 칠절천마기의 일부 특성들이 발휘되지 않도록 일부러 통제를 하였다.

그랬기에 그의 진기가 빠르게 강산의 내부로 빨려들어 가게 되었던 것이다.

순식간에 일 할에 가까운 내력이 사라졌는데, 그 흡입 속도의 빠름에 대해서 염운백도 적잖이 놀라고 말았다.

그러나 그는 느긋한 여유로 계속 진기가 흘러들어 가도록 놓아두었다.

칠절천마기를 믿기에, 천하의 누구도 칠절천마기를 몸 안에 받아들이고 무사할 수는 없다는 것을 확신하기에 가질 수있는 여유였다.

그가 느긋하게 예상하고 있던 일은 금방 일어났다.

강산은 자신의 내부에서 일기 시작한 돌연한 혼란에 대해 크게 당황하지 않을 수 없었다.

이백팔십팔 개의 관통된 관문 각각이 일시에 균형을 잃고, 또한 상호간의 조화를 잃은 데서 비롯되는 걷잡을 수 없는 혼란이었다.

강산이 이윽고는 참지 못하고 신음을 토해내고 말았다.

"크윽!"

곳곳의 관문들로부터 극심한 고통이 일어나고 있었다.

마치 한 점 한 점 살점을 저미고 불에 달군 쇠꼬챙이로 지지는 듯한 지독한 고통이었다.

와락 일그러진 그의 얼굴은 대번에 창백하게 탈색되며 축축이 진땀이 배어나고 있었다.

염운백은 만족스러웠다.

그의 칠절천마기는 더 이상 강산에게로 흘러들어 가지 않고 있었다. 정확히는 강산이 더 이상 흡수해 들이지 못하고 있는 것이겠지만.

칠절천마기의 우월성이 명료하게 입증된 것이었다.

칠절천마기가 내부로 침투된 이상, 그대로 두어도 강산은 무차별적인 내부 혈맥의 파괴를 겪다가 고통스럽기 짝이 없는 최후를 맞이하게 될 것이다.

그러나 염운백의 입가에 머물던 엷은 웃음기는 금방 당혹의 느낌으로 바뀌고 말았다.

그의 칠절천마기가 다시금 강산에게로 빨려들기 시작하고 있었다.

비록 약간에 불과한 양이었고 그 속도도 또한 아주 완만한 정도에 불과했으나 이번에는 그가 전혀 의도하지 않은 상태에서 일어나는 현상이라는 점이, 그럼으로써 결코 가능하지 않은 일이 벌어지고 있다는 점이 그를 당혹스럽게 만들었다.

염운백은 급하게 그때까지도 통제해 두고 있던 칠절천마기의 일부 특성들을 원래대로 되돌렸다.

그러자 강산에게로 빨려들어 가던 칠절천마기의 흐름이 즉시로 멈추었다.

그러나 놀란 가슴은 금방 진정되지 않았기에 염운백은 절대공간을 견고히 유지한 채로 잠시간 강산의 동태를 살폈다.

고통으로 일그러졌던 강산의 얼굴이 점차 평정을 되찾아 가고 있었다, 지그시 두 눈을 감은 채로.

극심한 고통을 겪고 있던 중의 어느 순간, 강산의 이백팔십 팔 개 관문들은 돌연, 마치 거짓말처럼 힘차게 되살아났다.

그리고 놀라운 작용들을 이루어내기 시작했다.

칠절천마기의 침투로 인해 이미 상당한 손상을 당한 부분에 대한 치유가 급속도로 이루어졌다.

한편으로 그의 내부에 들어와 있는 칠절천마기의 특성에 대한 신속한 포용이 동시에 이루어졌다.

그것은 또 다른 개념에서의 흡수라고 할 만했다.

기(氣) 자체의 흡수와는 구분되는, 기(氣)가 가지는 특성의 흡수랄까?

그리고 다시 각 관문들 간의 조정과 조화가 이루어졌다.

강산은 문득 자신의 팔관통이 한층 더 완벽해져 가는 과정에 있다는 생각을 했다.

각 관문들 간의 보다 완벽한 조화를 이루어가는 과정이었다.

그것은 곧바로 그의 자신감으로 승화되었다, 무황 염운백이 만들어놓은 절대공간 내에서도 더 이상 무기력하지 않을 수 있다는.

그리고 그때는 그의 흡능과 교류능이 재차 발휘되며 약간씩이나마 다시금 염운백의 진기를 흡수하기 시작했지만, 강산은 미처 그것까지는 느끼지 못하였다.

강산이 스스로의 내부로만 집중하고 있던 관점을 문득 외부로 돌린 것은, 한순간 염운백의 내력이 거센 저항을 일으킨 때문이었다.

밀어내고 잡아당기고, 분산하였다가는 돌연 뭉쳐들며, 팅겨내고, 파고들며, 압박하기를 자유자재로 하는 예의 그 기이한 내력이었다.

물론 그러한 현상이 바로 염운백이 그때까지 통제해 두고 있던 칠절천마기의 일부 특성들을 다급히 원래대로 되돌린 때문이고, 그럼으로써 칠절천마기가 가지는 원래의 모든 공능들이 최대한으로 발휘되기 시작한 때문이라는 것을 강산이 알 수는 없는 노릇이었다.

다만 그 순간에 강산은 차라리 그의 내부 모든 관통된 관문들의 폐쇄를 풀어버렸다.

각 관문들이 자유롭게 작동할 수 있도록 풀어놓은 것이다.

딱히 어떤 계산이 있던 것은 아니었고, 이제는 그렇게 해도 될 것 같아서였다.

순간 그의 내부 관문들에서는 또 다른 놀라운 변화들이 일어나기 시작했다.

이백팔십팔 개의 관문은 이전에 비할 수 없으리만치 뚜렷하고도 확연하게 독립적인 작용을 하고 있었다.

그렇다고 관문들 간의 조화가 사라진 것은 아니었다.

다만 관문들 간의 조화는 이전에 비해 한결 느슨해지고 자유로워졌다.

각각의 관문들은 불규칙적인 순간에, 또한 불규칙적인 위치에서 기를 뿜어내고 돌연히 끊고 또 흡입하고 있었다.

곧 탄능과 발능, 그리고 흡능과 교류능이 그야말로 자유롭게 발휘되고 있는 것이었다.

그것은 개개의 관문들을 보는 작은 관점에서는 불규칙과 무질서였지만, 전체를 보는 큰 관점에서는 이전보다 한층 충실해진 조화였다.

그랬다.

염운백의 기이한 내력과 정면으로 격돌하면서도 강산의 이백팔십팔 개 관문은 이제 조금도 위축되지 않았으며, 그런 중에 탄능과 발능, 그리고 흡능과 교류능을 유기적으로 이루어내고 있었다.

그리고 어느 순간,

강산은 내심으로 작은 탄성을 울려냈다.

'된다!'

진기들 간의 치열한 공방 중에 외부 진기의 흡입이 다시 이루어지고 있다는 사실에 대해 조금 뒤늦게 알게 된 것이다.

그리고 곧 강산은,

"아아!"

하는 탄성을 입 밖으로까지 흘리고 말았다.

퍽!

예기치 않게도 하나의 관문이 관통된 때문이었다.

이백팔십구 번째의 관문이었다.

그리고 구관통(九貫通)의 시작이었다.

퍼퍽!

이백구십 번째, 이백구십한 번째.

퍼퍼퍽!

이백구십두 번째, 이백구십세 번째, 이백구십네 번째…….

강산은 이윽고 자신을 잊어버렸다.

그리고 무황 염운백도 잊어버렸다.

9

염운백은 크게 당황하고 말았다.

전세가 역전된 것은 순식간의 일이었다.

그의 칠절천마기는 더 이상 공간을 지배하지 못하였다.

공간은 오히려 강산의 지배하에 있었고, 그의 칠절천마기
는 잔뜩 위축되어 그 자신의 방호를 위해서만 급급히 운용되
고 있었다.

좀 전과는 반대로 이번에는 그가 스스로를 폐쇄하는 지경
으로 몰려 있는 것이었다.

그러나 염운백의 자기 폐쇄는 강산의 그것만큼 완벽하지
는 못했다.

수백 개의 경로를 통해 동시 다발적으로, 그리고 예측불가
로 공격해 드는 강산의 탄능과 발능, 그리고 흡능과 교류능
에 대해 완벽하게 방어해 내는 것은 결코 가능한 일이 아니
었다.

10

비무대 위의 두 사람에게 지금 어떤 일이 벌어지고 있는지
에 대해 군웅들은 자세히 알 수가 없었다.

다만 무황 염운백의 표정이 점점 더 일그러지고 있으며, 마
치 엄청난 무게에 짓눌리는 듯이 양어깨가 점점 안쪽으로 말
려들며, 가슴이 움츠러들고, 목과 허리 또한 점점 더 숙여들
고 있다는 점에서 무언가 경악스러운 일이 일어나고 있다는
짐작을 해볼 수 있을 뿐이었다.

그러나 군웅들은 차마 자신들의 그런 짐작을 믿지 못했
다.

마침내 염운백의 코에서 피가 터질 때까지는.

이어 그의 입가로도 가느다란 핏줄기가 흘러내리며, 이윽
고는 두 눈에 마저 붉은 핏기가 비칠 때까지는.

강산의 시선은 염운백에게 있지 않았다.

허공중에 그저 무심히 놓여 있었다.

담담한 그의 얼굴에서는 언뜻언뜻 엷은 미소가 번졌다, 오공(五孔)에서 피를 흘리고 있는 염운백을 앞에 두고서.

그런 강산의 모습은 냉정하다 못해 다분히 잔혹하게까지 보이는 데가 있었다.

사실 강산은 무아지경에 빠져 있는 중이었다.

그의 내부에서는 지금 한창 구관통이 진행되고 있는 중인 것이다.

한순간,

"푸학!"

염운백이 거칠게 핏줄기를 토해냈고 그 피가 그의 앞가슴을 흥건히 적셨을 때에야 강산은 비로소 흠칫 깨어나 현실의 상황으로 돌아왔다.

그리고 눈앞에 벌어져 있는 광경에 다시 한 번 흠칫 놀라고 말았다.

군웅들의 억눌린 경악이 터져 나오기 시작한 것은 그다음이었다.

"아!"

"아아!"

무황 염운백!

천하제일인!

　영원할 것만 같았던 그 절대무명(絶對武名)이 무너지는 순
간이었다.

八十五
인연법(因緣法)

1

"네가 이겼다."

염운백이 선언하듯이 말했다.

큰 소리는 아니었고, 외침은 더욱이 아니었다.

그러나 힘겨운 그 표정만으로도, 그리고 그 비장한 분위기만으로도 군웅들 모두는 그 말을 똑똑히 들을 수 있었다.

힘겨운 모습으로 염운백이 다시 말했다.

"나를 넘어섰으니 이제부터는 네가 천하제일인이다! 또한 너의 잡조동맹이 천하제일세(天下第一勢)이다."

그때였다.

비무대 아래에서 신형 하나가 쏘아 올라왔다.

그리고 그것에 대응하듯이 반대편에서도 여러 사람들이 비무대 위로 신형을 날려왔다.

먼저 올라선 자는 염소천이었고, 나중에 올라선 사람들은 잡조의 조원들이었다.

자신을 부축하려는 염소천을 보며 무황이 힘없는 목소리로 꾸짖었다.

"어리석은 놈! 지금은 네가 물러나는 일이야말로 진정 나를 위하는 일임을 알지 못한단 말이냐?"

그러나 염소천은 대답하지 않고 묵묵히 염운백을 부축한 다음에 강산에게로 쏘는 듯한 시선을 고정시켰다.

염운백이 가볍게 미간을 찡그린 채 이번에는 강산을 향해,

"너는 나를 죽이려느냐?"

하고 물었다.

강산이 잠시 생각하다가 나직이 반문하였다.

"귀하가 나의 입장이라면 어떻게 하시겠소?"

염운백이 문득 엷은 웃음기를 띠며 대답했다.

"나의 전신대맥은 이미 산산이 파괴된 상태이다. 그러니 굳이 너의 손을 빌리지 않더라도 그리 오래 버티지는 못할 것이다. 그러나 새로이 무리의 우두머리가 된 젊은 수컷 사자는 결코 상처 입은 이전의 늙은 우두머리 수컷 사자에게 관용을 베풀지 않는 법이지. 뿐만 아니라 그 피를 이어받은 새끼 수컷들까지 모조리 물어 죽이고 말지."

그 대목에서 말을 멈추며 잠시 틈을 두었다가 염운백은 무거운 투로 다시 말을 이었다.

"너에게 새로운 절대자로서의 관용과 포용은 분명 필요할 것이나 다만 그러한 것들은 오늘 이후부터 베풀어도 결코 늦거나 모자라지 않을 것이다."

그에 강산이 언뜻 이마를 찡그리며,

"무슨 뜻이오?"

하고 반문하였다.

자신의 어깨를 부축하고 있는 염소천을 한 번 올려다보고 난 다음에, 염운백이 담담한 얼굴로 대답했다.

"나였다면 반드시 상대를 죽일 것이며, 아울러 삭초제근(削草除根)까지 할 것이란 뜻이다."

그 예상하지 못했던 말에 강산이,

"음⋯⋯!"

하고 나직이 침음성을 흘렸고, 강산에게 고정된 채로 있던 염소천의 눈빛이 미미하게 흔들렸다.

염운백의 말이 다시 이어졌다.

"강호는 어차피 철혈(鐵血)의 법칙이 지배하는 강자존(强者存)의 세계이다. 생사결(生死決)의 승자로서 패자(敗者)를 제거하고, 또한 가까운 장래에 닥칠 것이 뻔한 후환을 단호히 제거하는 냉정함과 잔인함은 이제 막 새로이 권좌에 오른 절대자가 강호에 자신의 새로운 시대가 도래했음을 선포하는 행위로써 당연한 수순이라고 할 수 있으니 그것에 대해 두려워는 할망정 감히 누구라도 비난하지는 못할 것이다."

그리고 염운백은 지그시 두 눈을 감아버렸다.

강산은 천천히 고개를 돌렸다.

그리고 그를 바라보고 있는 사람들의 시선을 하나하나 훑어갔다.

'나라면 염운백이 말한 그대로 할 것이다.'

노달은 눈빛에다 그런 의미를 담았다.

염운백은 몰라도 염소천으로 인해서는 나중에 분명히 후환이 생길 것이다.

무벌은 그를 중심으로 다시 결집할 것이며, 그 이전에 염소천 자체만으로도 심복지환이 될 것이 뻔했다.

염운백의 말은 그가 강산의 처분을 기다릴 수밖에 없는 입장의 당사자임을 생각할 때 참으로 섬뜩하리 만치 정확했다.

강산이 지금 그들 부자(父子)를 죽인다 해도 그것으로 인해 크게 비난받지는 않을 것이라는 그 말까지도.

그러나 노달은 강산의 시선이 그를 스쳐 지나갈 때까지 묵묵히만 있었다.

결정은 결국 강산의 몫이었다.

선변 또한 말을 하지는 않았다.

다만 미미하게 고개를 끄덕였을 뿐이었다.

강산의 냉정한 결단을 촉구하는 뚜렷한 의지가 담긴 고갯

짓이었다.

그러나 강산의 시선은 역시나 스쳐만 갔을 뿐이었다.

윤파와 이강, 그리고 서활을 스쳐 강산의 시선은 이윽고 유정에게서 멈추었다.

유정은 엷은 미소를 떠올렸다.

아무런 의지도 담기지 않아 담박(淡泊)한 미소였으되, 다만 한자락의 온기(溫氣)가 은은하게 녹아 있었다.

2

"가라! 그러나 오늘 이후로 다시는 내 앞에 나타나지 말라고 한 나의 경고를 다시 한 번 명심해야만 할 것이다!"

강산이 염소천을 보고 하는 말이었다.

그러나 그것은 또한 염운백에게 하는 말이자, 나아가 무벌과 그 추종자들 전체에게 하는 말이기도 했다.

이제는 서 있기조차 힘겨워하는 염운백을 염소천은 조심스럽게 업었다. 그리고 고개를 숙인 채 묵묵히 비무대를 내려갔다.

그 모습을 보며 강산은 가만히 중얼거렸다, 마음속으로.

'이것으로 끝내는 것이다, 지금까지의 모든 것을!'

그럼에도 후련해지지는 않았다.

강산은 문득 지친다는 생각을 했다.

허탈하기도 했다.

죽음보다, 지옥보다 더 고통스러웠던 원한이다.

그러나 이제 와 생각하니 그가 갚은 것은 기껏 뺨 세 대에
불과했다.

그랬다.

지나놓고 보니 그것은 뺨 세 대만큼의 은원에 지나지 않았
다.

그는 한때 모든 것을 잃었다고 생각했지만 돌이켜 보건대,
모든 것을 다 잃은 것은 결코 아니었다.

잃은 만큼, 혹은 잃은 덕분으로 어쩌면 더 많은 걸 얻었는
지도 모른다는 생각이 드는 것은… 역설(逆說)일까?

어쨌든 이제 모든 것은 이미 지나가 버린 일이 되었다.

더 이상의 새로운 은원이 생기지 않기를, 그저 이대로 모든
것이 정리되고 종결되기를 바랄 뿐이었다.

3

파앗!

파아앗!

평원의 소슬바람을 가르며 한 번씩 땅을 박찰 때마다 십여
장 이상의 거리를 쏜살처럼 나아가는 신형의 뒤로는 격한 파
공성이 따라붙고 있었다.

질풍처럼 달리고 있는 그 신형은 바로 염소천이었다.

염소천은 지금 등에 업힌 부친에게로 전해지는 충격을 최소화하기 위해 절정의 초상비(草上飛)를 전개하여 치달리고 있는 중이었다.

그가 비무대를 내려왔을 때 기밀당주를 위시한 무벌의 주요 당주(堂主) 급들이 일제히 그에게로 몰려들었지만, 그는 뒤를 부탁한다는 한마디로 그들을 그곳에 남겨두었다.

조부께로 가면 부친을 살릴 무슨 방법이 있을지도 몰랐다.

문제는 얼마나 빨리, 그리고 도중에 있을지도 모를 가상의 위협들을 포함한 모든 경우의 위험에 대해 어떻게 최대한 회피하며 갈 수 있느냐 하는 것이었다.

최선의 방법은 역시 그 혼자 움직이는 것이었다.

넓은 회야 평원을 거의 다 가로질렀을 무렵, 염소천은 문득 신형을 멈춰 세웠다. 그의 얼굴에는 흠칫 긴장이 떠올라 있었다.

'살기(殺氣)?'

그러나 살기라고 하기에는 너무도 거대하고 광범위한 느낌이었다.

염소천은 즉시 키 작은 잡풀들 사이로 몸을 숨기며 안력을 최대한으로 돋우어 먼 곳까지의 사방을 관찰하였다.

아아! 움직이고 있었다.

멀리 광야가 통째로 움직이고 있었다.

먼 곳에서부터 대지가 온통 검은색으로 물들어오고 있는 듯하였다.

그것은 엄청난 숫자의 사람들이었다.

'군사들이다!'

염소천은 내심으로 부르짖었다.

시야가 닿는 온 대지를 새카맣게 뒤덮었으니 셀 수조차 없는 군사들이었다.

그러나 조용했다.

비록 거리가 있긴 했으나 그 정도의 대병력이 움직인다면 어떤 소음이든 생겨나야만 했다.

'정숙기동(靜肅起動)을 하고 있다?'

그랬다.

족히 수만에 이르는 군사들의 움직이는 속도는 지극히 느렸다.

자세히 살피자니 적어도 기천(幾千)에 이르는 말들이 있었으나 그 위에 기병(騎兵)은 보이지 않았다.

재갈을 물리고 말을 끌고 있는 것이리라.

'사천의 접경 지역 일대에서 훈련 중이라던 군사들일 것이다. 그런데 그들이 왜 이곳에? 그리고 언제 이곳까지? 게다가 은밀히 충천하는 저 살기는? 설마 조정에서 본 벌(閥)을 말살하려는 것이란 말인가?'

염소천의 뇌리에서 몇 가지의 상황들이 빠르게 조합되었다.

기밀당에서는 진작부터 군사들의 대규모 훈련에 관해 경계의 시선을 주고 있었고, 잡조와 황실 간의 유착 가능성에 대해, 그리고 무벌을 목표로 한 의외의 음모에 대해 우려를 하는 판단도 있었다.

그러나 여러 측면에서 그런 우려가 현실이 될 가능성은 희박하다는 결론으로 귀결되었다.

하지만 지금 눈앞에 대군(大軍)의 거대한 살기를 직면하고 있으면서도 염소천은 여전히 의문을 가지지 않을 수 없었다.

'우리가 간과하였던 음모가 사실로 나타났다? 그렇다 하더라도 본 벌만을 목표로 한다는 것이 현실적으로 가능하지는 않을 터인데?'

아무리 무벌과 무림맹이 무림에서 양호(兩虎)의 대립 관계라고는 하나 조정을 강호로 끌어들인다는 것은 천 년을 이어온 무림인들의 정서상으로도 있을 수 없는 일이었다.

또한 잡조가 아무리 황실과 밀착되었다고 하더라도 무림맹의 동의를 받지 않은 상황에서 일방적으로 군사들을 끌어들일 수는 없을 터였다.

'그런 전제하에서 대규모의 군사들이 불시에 회야평원을 공격한다면?'

염소천은 가만히 고개를 가로저었다.

이천여의 군웅은 무벌과 무림맹을 구분하기 이전에 모두
가 무림인의 본능으로써 군사들에 대해 일제히 대항을 하는
사태가 벌어질 수도 있는 일이었다.

그러나 염소천이 굴려보는 염두는 거기까지였다.

군사들이 정숙이동을 하고 있는 덕분인지, 아니면 최후의
공격 명령을 기다리고 있는 것인지 포위망이 아직 완전히는
구축되지 않고 있었지만, 트여 있는 지역은 강변 쪽으로의 일
부에 불과할 뿐이었다.

그러나 군사들은 점점 더 가까워지면서 그 일부마저도 점
점 더 좁아지고 있는 중이었다.

염소천은 이를 악다물었다. 그리고 맞물린 이 사이로 나지
막한 중얼거림을 뱉어냈다.

"그래! 무벌이든 무림맹이든 잡조이든, 제발 가리지 말고
죽이길 바라겠다! 가능하면 많이 죽여라! 이 땅이 온통 붉은
피로 젖도록! 다만 바라건대, 그럴 때에도 그놈만큼은, 그놈
만큼은 반드시 살아남기를 바랄 뿐이다."

그리고 염소천은 다시 이동하기 시작했다.

풀과 나무, 바위 등에 은신하며 군사들의 포위망이 채 완성
되지 않은 강변 쪽을 향하여 완만하게 선회하며 은밀히 나아
갔다.

그리고 이윽고 그 거대한 포위망의 연장선상에서 빠져나
와 군사들과 어느 정도의 거리를 벌린 다음에는 강변을 따라

전속력으로 치달리기 시작했다.

4

"잠시… 멈추거라!"

귓전에 뜨겁게 와 닿는 숨결. 그러나 힘겹고도 고통스러운 그 목소리에 염소천은 급히 신법을 멈추었다.

그리고 조심스럽게 등에서 부친을 내려 근처의 바위에 등을 기대앉도록 했다.

잠시 헐떡이는 숨을 가라앉힌 뒤 염운백이 힘겨우나 분명한 목소리로 말했다.

"나는 더 이상 버틸 수 없을 것 같다."

분명하기보다는 차라리 간절한 부친의 말에 울컥하고 치미는 흐느낌을 염소천은 억지로 되삼켰다.

"아버님!"

"복수하고 싶으냐?"

염소천은 대답 대신 이를 악물었다. 그런 아들의 모습에 염운백은 가만히 고개를 가로저었다.

"무인으로서 나보다 강한 자에게 패해 죽는 것이니 억울할 것은 없다. 그러니 복수 또한 바라지 않는다."

염소천이 떨리는 목소리를 억제하려 숨을 고르며 천천히 말을 뱉어냈다.

"저는 반드시 그자를 죽일 것입니다! 악마에게 영혼을 팔아서라도 반드시!"

염운백의 눈빛이 무겁게 안으로 침잠해 들었다.

아들에 대해 누구보다 잘 아는 염운백이었다.

한번 죽이기로 작정한 이상 그것이 가능하지 않다면 아들은 차라리 스스로를 죽이고 말 것이다.

"쿨럭!"

어깨를 오그라뜨리며 괴롭게 뱉어내는 염운백의 기침에 한 모금의 피가 토해졌고, 그 속에는 검붉은 조각들이 섞여 있었다.

잘게 부서진 내장의 부스러기들이었다.

그러나 염운백의 창백하던 얼굴에는 오히려 불그레하니 한가닥의 홍조가 드리워졌다.

염소천은 그것에서 부친의 시간이 이제 얼마 남지 않았음을 짐작했다. 그랬기에,

"지금부터의 내 말을 명심해서 들어야 하느니라!"

하고 입을 떼는 부친에 대해 다만 묵묵히 지켜만 보고 있을 뿐이었다.

"내가 죽거든 내 몸에 아무런 조치도 하지 말고 곧장 네 조부님께로 옮겨가 보여 드리거라! 그리고 그분께서 내 몸을 살펴보시기 전에 슬퍼하시는 기색이 있는지를 주의 깊게 살피거라."

염소천이 눈빛으로 의문을 떠올릴 때, 염운백은 짧게 숨을 돌린 다음에 다시 말을 이었다.

"만약 슬퍼하시는 기색이 있다면 그분께 네가 원하는 바를 그대로 말씀드려도 좋을 것이다. 이후에 그분께서 무슨 말씀이 있으시다면… 그 말씀대로 따르면 될 것이다. 나아가라 하면 나아가면 될 것이고, 그냥 멈추라 하면 멈추면 될 것이다! 그러나……."

다시 한 번 숨을 몰아쉬고 나서 염운백은 문득 어두운 안색이 되었다.

"그러나 만약 조금도 슬퍼하시지 않고 내 몸을 살피는 것에 급급해하신다면… 너는 즉시 그곳을 물러 나와야만 한다. 그리고 그곳을… 영원히 폐쇄시키거라!"

"아버님?"

"시간이 많지 않으니 나의 말을 끊지 마라."

하고 난 다음에 염운백이 다시,

"쿨럭!"

하고 기침을 뱉어냈는데, 몹시 고통스러워할 뿐 아니라 토해지는 피의 색이 확연히 검었다.

겨우 숨을 돌리고 난 염운백이 다시 말을 계속했다.

"그곳을 영구 폐쇄하는 방법은 일전에 네게 말한 그대로이다. 그리고 그 같은 조치는 그분께서 이미 오래전에 당신 스스로 당부하셨던 바이니 네가 죄책감을 가질 필요는 조금도

없는 일이다. 그리고 네 형, 불쌍한 그 아이에 대해서
는……."

하다가 염운백은 문득 길게 탄식했다.

"아아!"

순간 그의 두 눈은 급격히 빛을 잃어갔다. 그런 중에 희미
한 잦아드는 목소리로 그가 중얼거렸다.

"문득 생각하니… 참으로 회한뿐이로구나! 네 형… 네 조
부님… 무엇보다도… 네가… 네가 걱정이다. 아아!"

염운백이 다시 한 번 가늘게 탄식을 뱉어내더니, 순간 그의
고개가 힘없이 옆으로 떨어지고 말았다.

"크흐흐흑! 아버님!"

염소천이 숨죽여 오열했다.

무황 염운백의 죽음이었다.

천하제일인으로 한 시대를 풍미했던 일대 거성(一代巨星)
의 낙성(落星)이었다.

5

누가 누구를 원망하랴?

그 모든 것이 다 엄혹(嚴酷)하기 짝이 없는 인연법(因緣法)
의 소산인 것을!

염소천.

염운백.

강산.

진여송.

이강.

윤파.

서활.

유정.

그리고 또 어떤 형태로든 그들과 관련되었던 수많은 인물들.

거슬러 올라가 보면 처음 그들은 소수를 제외한 대개의 경우에는 서로 아무런 관련이 없던 사람들이었다.

그런데 어느 순간 우연찮게 그들 중 몇몇이 서로 관련을 맺게 되더니, 다시 끊어지고 이어지며, 혹은 접히고 펴지며, 또 혹은 꺾어지고 휘어지며 또 다른 수많은 인물들과의 관계를 만들어냈고, 그런 중에 다시 그 관계들이 이리저리 뒤엉키고 만 것이다.

그러나 다시 더 거슬러 가보면 그런 관계들의 맨 처음에는 강산과 염소천이 있었다.

두 사람 간의 그 지독한 악연.

결국 모든 것은 그때 항주에서 일어났던 그 하나의 사건으로 인해 시작된 것이다.

　염소천에게는 그것이 다만 간단히 즐기고 무시할 수 있는 작은 유희에 불과했을 것이다.

　그리고 무벌로서도 기왕에 벌어졌으니 적당히 처리하고 무마하면 될 작은 사건에 불과했을 것이다.

　그러나 그 작은 유희가, 그 작은 사건이 또 다른 당사자인 강산에게는 지옥보다 더한 참혹한 고통과 견디지 못할 처절한 절망을 안겨준 일생일대의 참사가 되었다.

　잡조의 탄생은 강산도 다른 조원들 중 누구도 의도하지 않았던 일이었고, 그들을 중심으로 다시 여러 은원과 인연들이 새로이 얽혀든 것 또한 마찬가지였으리라.

　그들 중 누군가는 도중에 그 끈질긴 은원의 고리를 끊고 한옆으로 비켜서려 하기도 하였다.

　그러나 은원은 참으로 모질게도 이어져 또다시 잡조동맹이 만들어졌다.

　그리고 마침내는 천하를 경동시키는 참으로 엄청난 결과를 만들어내고 만 것이다.

　천망회회소이불실(天網恢恢疎而不失)이라!

　하늘의 그물은 크고 넓어 성기어 보이지만 그 무엇도 결코 그 그물을 빠져나가지 못한다고 했던가.

　모든 일에는 원인과 결과가 있고, 하늘은 작은 인과(因果) 하나라도 결코 놓치는 법이 없다고 했던가.

죽음 앞에서, 그 마지막의 순간에 염운백은 그런 이치를 마침내 알게 되었을까?

부친의 죽음을 지켜보면서 염소천은 그런 이치를 알게 되었을까?

염운백과 염소천 부자를 살려 보내면서, 지금까지의 모든 것을 이미 지나가 버린 일로 치부하면서, 그리고 더 이상의 새로운 은원이 생기지 않기를, 그저 이대로 모든 것이 정리되고 종결되기를 바라면서, 강산은 그런 이치를 알게 되었을까?

八十六
담판(談判)

1

군웅들은 쉽게 흩어지지 못했다, 무벌은 무벌대로, 무림맹은 무림맹대로의 이유로 인해.

그들 양측이 미리 여러 가지 경우의 수를 생각해 놓긴 했겠지만 막상 그 결과가 이런 식으로 날 것이라 예상한 사람은 아무도 없을 것이었다.

염운백이 직접 나섬으로써 대회가 그처럼 간단하게 무벌과 잡조의 무공 대결 양상으로 치달을 줄을.

잡조에 속한 인물들이 그처럼 잇달아서 무벌의 삼대전주를 격파해 버릴 줄을.

무황 염운백과 잡조 조장 강산이 일대일의 대결을 펼치고,

그 결과로 염운백이 그처럼 허무하게 몰락해 버릴 줄을.

무벌 측 군웅들은 처음에 공황이라고 할 만큼 극도의 당황과 혼돈을 겪었으나 차츰 그러한 혼란에서 벗어나면서 이제는 여기저기에서 갖가지의 감정들과 주장들을 어지럽게 표출해 내고 있는 중이었다.

누군가는 지주를 잃은 데 대한 복수를 소리 높여 말했고, 또 누군가는 졸지에 무림맹 측의 처분을 기다려야 하는 신세가 되었다고 한탄하였고, 그들의 처분을 기다리고 있느니 지금이라도 서둘러 이곳을 빠져나가자고 하는 목소리도 있었다.

불안과 당혹, 두려움과 분노, 그런 중에 무림맹에 대한 적대감 또한 점차로 커져 가고 있었다.

무벌 측에서 노골화되고 있는 적대감에 대한 반사적 반응이었을까?

무림맹 측에서도 심상치 않은 술렁거림이 시작되고 있었다.

회야평야에 혼돈의 기운이 짙게 깔리고 있었다.

당장에 어떤 일이 벌어질지 누구도 단정할 수 없는 혼란의 시점이었다. 기존의 질서가 허물어지고 새로운 질서가 태동하는 산고(産苦)의 시점이리라.

2

잡조와 무림맹 수뇌부는 주위를 차단한 채 하나의 커다란 천막에 모여 회합을 가지는 중이었는데, 그곳 역시 심각한 분위기가 흐르고 있었다.

군웅들의 심리가 어떻게 돌아가는지 예의 주시하고 있었기에 빠르게 결론을 내고자 하였으나, 그것은 간단하지가 않았다.

오만의 대군이 지금 회야평원을 옥죄어들고 있다는 사실에 대해 무림맹의 수뇌부는 아직까지 알지 못하고 있었다.

유정은 진작에 무광 진인에게 대강의 사정을 말하고자 하였으나, 선변이 강하게 반대하였다.

지금 말하여 좋을 것이 조금도 없다는 주장이었다. 상황이 어떻게 진전될지는 예측 불가이나 군웅들이 그 같은 사실을 일찍 알게 될수록 그만큼 상황은 잡조에게 불리하게 작용할 것이라고 했다.

동창 제독 구말의 계략이 군웅들로부터 잡조를 고립시키고, 나아가 군웅들의 칼로 잡조를 치는 차도살인을 노리는 것이리라는 계산까지를 이미 염두에 둔 터가 아니던가.

이대로 군웅들 속에 섞여 상황이 전개되어 나가는 양상을 지켜보면서 그때그때 임기응변으로 대응하는, 무계책(無計策)이 곧 최선책이 되리라는 게 선변의 판단이었다.

두 여인의 이견에 대해서 잡조의 모두가 강산의 결정을 기대했으나 강산은 묵묵히 입을 닫고만 있었다.

하긴 강산이라고 해서 간단히 결정을 내릴 수 있는 사안은 아니었다.

강산의 눈빛이 깊숙이 침잠되어 있는 것을 보고 유정은 가만히 한숨을 내쉬었다.

그러자 불편하고 불안했던 마음이 조금은 안정되는 것 같았다.

"양측의 분위기가 급속도로 험악해지고 있으니 더 이상 결론을 미루었다가는 자칫 대규모 충돌이 벌어질 수도 있는 일입니다. 그러니 일단은 대회의 폐막을 공식 선포하고 군웅들부터 해산시키도록 합시다. 아울러 본 무림맹 차원에서 무벌측 군웅들이 무사히 해산할 수 있도록 보장할 것임을 공지하도록 하겠습니다."

각파의 의견이 반복하여 상충되던 중에 무광 진인이 이윽고 결론을 이끌어냈다.

가벼운 목례로써 강산의 양해를 구한 다음에 무광 진인이 비무대 위로 올라갔다.

"무림 동도 여러분!"

그의 장중한 사자후에 사방이 일시 조용해졌다.

그런데 바로 그때였다. 먼 곳으로부터 난데없는 소란이 일어나고 있었다.

3

뿌우우우우!

퀭!

퀘앵!

뿌우우우!

수백수천 개, 아니, 도대체 얼마나 많은지 측량하기도 어려울 정도의 나발과 징과 이름 모를 소리들이 천지를 뒤집는 듯한 소란을 만들어내고 있었다.

그런 중에 다시,

"와아아아아!"

"와아아아아아!"

하고 수만이 한꺼번에 질러대는 함성이 뒤따르는데, 그야말로 천지가 온통 떠나갈 듯하였다.

그뿐만이 아니었다.

두두두둑!

두두두두둑!

천지를 진동하는 말발굽 소리와 거대한 먼지의 장막을 마치 뭉게구름처럼 피워 올리며 돌연히 나타나 평원을 가득 메운 채 질주해 오는 수천의 기마들.

아아!

도대체 얼마나 되는지 세어볼 엄두조차 내지 못할 정도의 군사들과 기마대, 그리고 전차와 온갖 장비들이 온 평원을 가득 메우며 물밀듯이 밀려오는 모습은 차라리 장관이었다.

그러나 군웅의 입장에서는 어안이 벙벙할 틈도 없이 비명조차 지르지 못해 두 눈만 부릅뜬 채 바라보게만 만드는 오금저리는 경악이요, 공포였다.

그 장대한 기세와 하늘 끝까지 충천하는 거대한 살기에 이천여의 군웅은 그대로 얼어붙어 버렸다.

분분히 몸을 날리는 몇몇의 고수 급들이 있긴 하였으나, 그들은 이내 하얗게 질린 기색이 되어 되돌아왔다.

드넓은 회야평원의 사방이 그야말로 바늘만 한 틈 하나 없이 완전히 봉쇄된 것은 순식간의 일이었다.

시선이 닿는 곳까지의 대지는 온통 군사들로 가득했다.

수천의 장창보병(長槍步兵)들이 군웅들의 삼십여 장 전면에서 어지러운 구령 소리와 함께 겹겹의 대오를 만들었다.

그 뒤로 다시 끝도 없는 대오들이 생기는데, 언뜻 보이는 중에는 수백, 수천의 쇠뇌와 강궁(强弓)이 일제히 군웅들을 겨누고 있었다.

한마디 명령만 내려진다면 그야말로 소나기 같은 화살들이 군웅들의 머리 위를 빽빽이 뒤덮으며 쏟아질 것이다.

"화포다!"

군웅들 속에서 누군가 질린 듯이 떨리는 목소리로 나직이 외쳤다.

그랬다. 궁수들이 겹겹이 늘어선 뒤쪽으로는 다시 마차에 실린 채로 시커먼 몸체를 드러낸 화포들이 속속 배치되고 있었다.

그 광경에 군웅들은 이윽고 완전히 체념을 하고 말았다.

이건 나라 간의 전쟁에서나 있을 법한 상황이었다.

결코 무공을 앞세워 대적해 볼 만한 상황이 아닌 것이다.

섣불리 군사들을 자극했다가는 당장에 소나기처럼 천지를 뒤덮고 말 화살 비에 고슴도치의 형상이 될 것인데, 아무리 뛰어난 고수라 한들 어찌 멀쩡하기를 바라겠는가.

군웅들의 일부가 주춤거리며 뒤로 물러나기 시작했다.

그러나 그들의 뒤쪽은 격류가 흐르는 강이었다.

콰르르르릉!

좀 전까지만 해도 잘 실감하지 못하겠더니, 이제 군사들의 위협에 밀려 강 바로 가까이까지 밀려나자, 강물이 내는 소리는 마치 거대한 괴물이 울부짖는 듯하였다.

뒤돌아보니 소용돌이치며 흐르는 그 거대한 물줄기는 금방이라도 사람을 잡아당겨 집어삼킬 것만 같아서 강변에 가까이 서기조차 겁이 날 정도였다.

앞은 완전무장한 대군이요, 뒤는 거대한 격류라!

가히 진퇴양난의 형국이었다.

두두두둑!

두두두두둑!

뿌연 먼지구름을 일으키며 일천여에 이르는 기마들이 장창보병들 사이를 뚫고 달려왔다.

그런데 전력으로 질주해 오는 그 기세가 마치 군웅들을 그대로 누렇게 소용돌이치는 격류 속으로 몰아넣고 말 것처럼 사뭇 거칠고도 급박하였다.

"어엇!"

"아앗!"

군웅들 중에서 다급한 비명들이 터져 나오며 전열(前列)부터 주춤주춤 뒤로 밀리기 시작했다.

그때였다.

기마대 중에서 일기(一騎)가 다른 기마들을 제치고 앞으로 달려나오더니 군웅들의 오 장 앞에서 거칠게 말고삐를 낚아챘다.

그리고 그것이 신호라도 된 듯이 그 뒤의 기마들이 일제히 멈춰 섰다.

이히히힝!

푸륵!

푸르륵!

일천여 마리의 말이 일제히 푸르륵 대는 소리에 일대는 마치 거대한 마장(馬場)이 된 듯했다.

앞서 멈추었던 기골이 장대한 장수(將帥) 복장의 기사(騎士)가 크게 외쳤다.

"오늘 우리가 군마(軍馬)를 몰아 이곳에 온 것은, 이 중에 중죄를 범하여 도피 중인 자들과 또 황상께 대해 불순한 마음을 품고 있는 자들이 다수 모여 있기에 그들을 일망타진하기 위함이오! 그러니 일단 무림맹에 소속된 인원들부터 앞으로 나와 각자의 신원을 확인받도록 하시오!"

순간 군웅들은 일시에 극도의 혼란지경으로 빠져들고 말았다.

그런 중에도 무림맹 측은 일단 안도하는 분위기였으나, 상대적으로 무벌 측은 극심한 불안과 공포에 휩쓸려 가히 공황지경으로 치닫고 있었다.

4

무벌의 기밀당주는 급하게 개방의 방주를 찾았다.

두 사람이 비록 지난 십수 년간을 치열하고도 비정하기 이를 데 없는 정보 전쟁을 벌여온 적대의 관계이지만, 또한 그런 까닭에 보통 사람들은 이해하지 못할 두 사람만의 묘한 공감대와 신뢰를 나누는 사이이기도 했다.

"방주는 이런 상황에 대해 미리 알고 있는 게 있었소?"

천하에서 가장 침착하고 신중한 사람 중 한 사람일 기밀당주는 지금 몹시 흥분되고 격앙되어 있었다.

개방주가 어두운 얼굴로 고개를 가로저었다.

그러자 기밀당주는 애써 격정을 추스르며 나직하나 단호한 어조로 말했다.

"하면 이건 치졸하고도 조잡한 반간계일 것이오!"

개방주의 얼굴이 더욱 어두워졌다.

기밀당주가 무엇을 말하고자 하는지는 충분히 알고도 남음이 있었다.

그리고 그것에 어느 정도 공감이 되지 않는 것도 아니었다.

사실 두 사람 간에 그런 정도의 공감이 있다면 무림에서 일어나는 제반의 일들 중에서 상황을 바꾸어놓지 못한 경우는 없었다.

그러나 지금은 아니었다.

지금의 현실은 그들 두 사람이 전적으로 공감한다고 해서 상황이 바뀔 여지는 조금도 없었다.

"당주의 의견을 맹주께 충분히 전하도록 하겠소."

개방 방주가 해줄 수 있는 말은 그것밖에 없었다.

5

무림맹 측의 군웅들 사이에서는 주장들이 분분하였다.

무림맹은 군사들의 목표가 아닌 만큼 일단 이곳을 벗어나
야 한다는 주장이 대개였고, 무림의 일에 조정이 핍박을 가하
는 형세에서 무림맹만 몸을 뺀다는 것은 비열한 행위가 아니
겠느냐는 소수의 주장들도 있었다.

그러나 주장들만 점점 더 분분해질 뿐, 막상 행동으로 취하
는 사람은 없었다.

무림맹의 수뇌부들이 움직이지 않고 있기 때문이었다.

무림맹의 수뇌부들이 침중한 모습으로 의견을 나누는 중
에 무림맹주 무광 진인은 묵묵히 상황을 지켜만 보고 있는 모
습이었다.

따로 모여 긴급한 논의에 들어갔던 오대세가의 가주 회합
이 막 끝난 모양이었다.

제갈세가주 제갈순(諸葛恂)이 무림맹의 수뇌부들이 있는
곳을 향하여 가볍게 목례를 취해 보였다.

그러나 그가 곧이어 향한 곳은 바로 일천의 기마대 앞에 버
티고 서 있는 장수 쪽이었다.

제갈순이 크게 외쳤다.

"우리 오대세가는 역대로 조정에 순응하지 않은 적이 한
번도 없으니 무림맹이 이곳을 나갈 수 있다면 우리 또한 나가
지 못할 이유가 없다고 생각하는데, 그렇지 않소?"

장수가 곧바로 대답했다.

“좋소! 하면 오대세가의 사람들부터 앞으로 나오시오!”

오대세가의 인물들은 모두 합쳐 기껏 수십여 명에 불과했다.

그러나 그들이 각자의 무기를 내어준 채 장창보병들이 틔워준 긴 사람의 통로 사이로 사라져 가자 남은 군웅들은 크게 술렁거렸다.

그런 중에 무벌 측의 누군가가 격분한 목소리로 크게 외쳤다.

“오대세가 놈들이나 무림맹 놈들이나 결국 같은 족속들이니 우리 무벌은 더 이상 기다릴 것이 없지 않겠는가? 이래도 죽고 저래도 죽는 필사의 형세다. 기왕에 죽을 수밖에 없다면 맘껏 칼이라도 휘둘러 보고 죽자! 군사들이든 무림맹 놈들이든 우리를 몰살시키려는 놈들을 한 놈이라도 더 죽이고 죽자!”

그러자 무벌 측의 몇 군데에서,

“옳다!”

“싸우자!”

하고 호응하는 거친 고함 소리들이 있었다.

그리고 무벌 측 군웅들의 분위기는 삽시간에 맹렬한 적개심으로 치달렸다.

그때 무림맹측 군웅들 중에서도,

"오대세가가 이미 나간 만큼 우리 무림맹 사람들도 속히 나가야 한다. 우리가 지체하는 동안에 자칫 군사들의 공격이 시작될지도 모르는 일이다! 일단 군사들의 공격이 시작되면 그때는 피아를 구분하기가 어려울 것이니 우리 무림맹 사람들도 무사하지는 못할 것이다!"

하고 외치는 소리가 있었다.

무림맹 측 군웅들이 당장 크게 술렁이는데, 그때 누군가가 다시 외쳤다.

"아니다! 무작정 군사들에게 우리의 안위를 일임하기에는 지금의 사태에는 아무래도 무언가 석연치 않은 구석들이 있다. 그러니 아무리 상황이 급박하다 해도 우리는 몇 가지의 의혹들에 대해 우선 따져 본 다음에 움직이는 것이 좋을 것이다!"

확연히 관점이 다른 얘기다 싶은데도 그 근처에서 또 다른 목소리들이 잇달아서 호응하여 외쳤다.

"그 말이 옳다! 뭔가 석연치 않은 점들이 있다는 것은 사실이다!"

"우선은 이 무림대회를 사실상 주도한 잡조(雜組)라는 자들의 의도부터 의심해 봐야만 한다!"

"사해상단 총수의 손녀가 황실 사람이라는데, 그녀에게는 황상이 직접 하사한 친림황패가 있다고 한다."

"옳거니! 이번 무림대회의 개최를 알리는 포고문에 찍힌

황인(皇印)이 바로 그것일 것이다!"

"그뿐만이 아니다! 지금 저 군사들을 움직이는 것은 바로 동창이라고 하는데, 잡조의 인물들 중에 동창의 위사가 속해 있다는 얘기도 있다!"

"그게 사실이라면 결국은 잡조가 군사들을 끌어들였다는 얘기가 아닌가?"

"잡조의 해명을 들어보아야 한다!"

"지금 이 와중에 해명이 무슨 소용이란 말인가?"

"옳다! 지금 그들은 우리 수중에 있는 것이나 마찬가지이고, 더욱이 사해상단 총수의 손녀에게는 황상의 친림황패까지 있으니, 우리는 그들로부터 한가닥의 생로를 확보할 의논부터 해야 할 것이다!"

몇몇이서 서로 빠르게 주고받으며 외치는 중에 무림맹 측 군웅들은 크게 동요하기 시작했다.

구파일방을 중심으로 긴급히 군웅들의 동요를 통제하려는 노력이 있었으나 군웅들의 동요는 빠르게 퍼져 나갔다.

더욱이 그러한 동요는 삽시간에 무벌 측 군웅들게까지 전파되면서 이윽고 걷잡을 수 없게 되었다.

6

유정은 창백하게 질린 안색이었다.

그녀가 비록 명철하고 배포가 있는데다 심오한 무공까지 지니고 있다고는 하나, 언제 이같이 악의적이고도 공개적인 모함에 몰려본 적이 있을 것인가?

그런데 바로 그때였다.

"앗!"

"아!"

하고 군웅들 사이에서 돌연한 경악의 외침들이 터져 나왔다.

군웅들의 머리 위 오 장여 상공에 두 개의 신형이 한데 붙어 둥실 떠 있었다.

그 신형들이 허공중에 가만히 멈추어 있다는 자체도 크게 놀라운 일이었지만, 그보다는 이천의 군웅 중 누구도 그 두 개의 신형이 언제, 어떻게 그들의 머리 위에 떠 있게 되었는지를 모른다는 점에서 경악하지 않을 수 없는 것이었다.

그런데 미처 경악이 가시기도 전에 군웅들은 다시 한 번 경악성을 내뱉고 있었다.

"아앗!

"아아!"

그 두 개의 신형들이 번뜩하는 순간에 마치 공간 이동을 한 듯이 무림맹의 수뇌부들과 잡조가 있는 천막의 앞쪽 상공에 떠 있었기 때문이다.

구파일방의 장문인들이 흠칫 놀라 저마다 방어 태세를 취할 때, 허공에서 흑의의 장한 하나가 돌연 바닥으로 떨어져 내리더니 그대로 바닥으로 처박혀 버렸다.

그 모양이 마치 누군가에 의해 거칠게 집어 던져진 듯했다.

그러나 그 흑의장한은 크게 다치거나 혹은 혈이 잡혀 있지는 않았던 모양으로 바닥에서 잠시 꿈틀거리더니 이내 힘겹게 몸을 일으켜 세웠다.

그런데 어느 순간 흑의장한의 곁에 또 한 사람이 나타나 있었다.

그런데 아무도 그가 나타나는 순간을 보지 못했기에 그는 마치 처음부터 그 자리에 서 있던 사람 같았다.

그는 바로 강산이었다.

그의 신출귀몰한 모습에 군웅들은 놀라고, 또 영문을 몰라 뒤늦게 웅성거리기 시작했다. 그때,

"방금 외치던 자들 중 하나입니다. 이자가 과연 어떤 자인지 확인해 보십시오!"

나직하였으나 그 목소리에 담긴 차가운 위엄에 사방은 일시에 조용해지고 말았다.

아무리 상황이 상황이라고는 하나 그 차가운 위엄의 주인이 바로 이 시대의 새로운 절대강자 강산인 이상에는 누구도 감히 함부로는 그 위엄을 거스를 수 없기 때문일 것이다.

지시를 받은 노달은 즉시 강산의 의도를 짐작할 수 있었기에 곧바로 바닥에 쓰러져 있는 흑의장한에게로 다가서며 차

갑게 물었다.

"너의 소속 문파가 어디이냐?"

흑의장한은 오히려 힘주어 입을 다물었다.

그에 노달이 문득 목소리에 위엄을 담아 무겁게 외쳤다.

"나는 마교의 교주 진여송이다. 한입에 두 번 말하지 않는 사람이니 한 번 더 물어 네가 사실을 말하지 않는다면 그때는 가차없이 네 목을 치겠다. 네 소속 문파가 어디냐?"

천마지존공의 내력이 실린 노달의 목소리가 사방을 우렁우렁 울렸다.

그러나 흑의장한은 부들부들 몸을 떨면서도 끝내 대답할 기미가 아니었다.

노달이 이번에는 군웅들을 향해 외쳤다.

"이자를 아는 사람이 있소? 누구라도 이자의 신분만 확실하게 밝혀준다면 노부는 아무런 토를 달지 않고 즉시 이자를 풀어줄 것이오!"

그러나 조용했다.

심지어는 좀 전에 그처럼 죽이 잘 맞아 한바탕의 외침들을 주고받던 몇몇이 있었음에도 아무도 나서는 자가 없었다.

노달이 차갑게 웃으며 다시 사내에게로 향했다.

"네가 좀 전에는 많은 군웅들을 향하여 그처럼 능란한 달변으로 지껄여 대더니 지금 기껏 소속 하나 밝히는 문제에 대해서는 이처럼 옹색한 쥐새끼처럼 구느냐? 더욱이 이 많은 군웅들 중에 너를 안다는 사람이 없으니, 너는 필히 무벌 소속도, 무림맹 소속도 아닐 것이다. 그럼에도 네가 양측의 군웅들을 선동하려 한 것은 분명 불측한 음모가 있기 때문일 것이다. 이미 노부가 말해놓은 바가 있거니와, 이제 너의 불측함이 더해졌으니 너는 죽어도 노부를 원망치 말라!"

그리고 노달이 가볍게 수도(手刀)를 떨치는데, 한가닥의 흐릿한 묵광이 번뜩하더니,

촤아악!

하고 허공에 한 무더기의 피가 흩뿌려졌다. 이어 노달은 천마후(天魔吼)의 공력을 실어 외쳤다.

"노부 진여송은 마교의 교주이자 또한 잡조의 일원이니, 누구이든 잡조를 음해하려는 자에 대해서는 결단코 이처럼 목을 베어버리고 말 것이다!"

시리도록 차가운 위엄으로 가득 찬 노달의 목소리가 마치 고요한 강물에 살얼음이 어는 것처럼 사위(四圍)의 대기로 파르르 번져 나갔다.

"하아~!"

가볍게 한숨을 내쉬며 유정은 애써 안정을 되찾았다.

그러나 군웅들의 분위기는 이미 잡조에 대해 사뭇 우호적이지 않은 쪽으로 기울어 버린 것 같았다.

비록 염운백을 무너뜨린 새로운 절대강자와 마교주 진여

송을 위시한 실로 절대자들의 면면이라 할 만한 잡조였으나, 수만의 완전무장한 군사들의 포위가 주는 위협에 비할 바는 아니리라!

이강과 윤파, 그리고 서활은 은연중에 서로 간의 거리를 벌려 섰다.

그들이 이루는 삼각형의 대형 가운데에 유정과 선변이 위치했다.

7

[내가 어떻게 하면 좋겠느냐?]

귓전에 와 닿는 전음에 이강은 흠칫 놀랐으나 전음의 주인이 누구인지를 깨닫는 순간 곧 침착을 되찾았다. 그러나 그가 쉽사리 대답할 바는 아니었다.

그때 전음이 다시 물어왔다.

[나를 용서할 수 있겠느냐?]

잠시간의 답답한 침묵 후에 이강은 비로소 대답했다, 담담하게.

[제게 감히 장문인을 용서할 일이 있을 리 없습니다. 그러나 만약 용서할 것이 있다면, 저는 이미 용서하였습니다.]

이번에는 무광 진인이 잠시간의 침묵을 지켰다. 그리고,

[고맙다!]

하는 짧은 전음 다음에 다시,

[염치없는 늙은이라 욕을 듣더라도 한 가지만… 한 가지만 더 부탁해도 되겠느냐?]

하는 전음이 뒤따랐는데, 거기에는 약간의 격정이 담겨 있었다. 그때 이강은 이미 완전한 평상심을 되찾고 있었다.

[제가 할 수 있는 일이라면…….]

[만약… 만약에 언젠가 무당에 힘이 필요하다면… 그때 지룡에게 힘을 보태줄 수 있겠느냐?]

[대사형께서는 뛰어난 분이니 누구의 도움이 없이도 무당을 번창시킬 것입니다. 그러나 저의 도움을 필요로 하신다면 미거(未擧)하나마 언제라도 기꺼이 힘을 보태겠습니다.]

무광 진인의 입가로 가만한 웃음이 떠올랐다. 크고 깊은 기꺼움이었다.

8

"이 일에 대해 각파에서 어떤 결정을 하든 누구도 강요할 수 없을뿐더러, 비난하지도 못할 것이오. 그러니 장문인들께서는 소신껏 결정하시오. 다만 어떤 경우에든 우리 무당은 여기에 남겠소."

구파일방 장문인들끼리의 짧은 논의 끝에 무광 진인은 단호한 어조로 자신의 최종 의견을 말했다.

"소림 또한 무당과 함께 남겠소!"

소림 장문인 무혜 대사(無慧大師)가 담담한 어조로 동조하였다. 그리고 개방 장문인의 걸걸한 목소리가 다시 그 뒤를 이었다.

"껄껄껄! 아무리 무당과 소림이 태산북두 소리를 듣는다고 하지만, 이런 자리에서까지 명예를 독차지하게 둘 수는 없는 노릇이니 이 늙은 거지는 배가 아파서라도 함께 남아야겠소."

무광 진인의 사자후가 우렁차게 회야평원에 울려 퍼졌다.

"들으시오! 노부는 무림맹의 맹주 직을 맡고 있는 무당의 무광(憮廣)이오. 예로부터 무림의 일에 조정이 이처럼 대군(大軍)으로서 포위하여 겁박(劫迫)하였던 예는 일찍이 없었고, 무림이 존재하는 한 앞으로도 있어서는 안 되는 일일 것이오. 하여 본 무림맹은 어떤 사유가 있다 하더라도 조정이 무림의 일에 이런 식으로 직접 개입하는 것에 대해서는 결코 묵과할 수는 없다는 결론을 내렸소. 본 무림맹은 여기에 있는 모든 군웅들이 이곳을 떠날 때까지 그들과 함께 남을 것이오."

그것은 장수에게 답변하는 것일뿐더러, 군웅들 전체에 대해 외치는 선언이었다.

잠시의 침묵이 있었다.

그러나 이내 누구로부터 시작되었는지 알 수 없었지만 함성이 터져 나왔다.

그리고 한데 뭉쳐 순식간에 커지더니, 마침내는 수만의 군사와 군마들이 내는 소음을 완전히 뒤덮고도 남을 만큼 거대해졌다.

"와아아!"

"와아아아!"

무림맹 측 군웅들의 함성이었다. 그리고 무벌 측 군웅들의 함성이었다. 정마(正魔)의 구분을 초월해서 하나되어 뿜어내는 무림인들의 함성이었다.

장수는 크게 당황한 모습이었으나 군웅들의 함성이 이어지는 동안 그는 아무런 조치도 취하지 못하였다. 그러다 한참을 기다려 군웅들의 함성이 서서히 잦아들고 난 다음에야,

"일각의 시간을 줄 것이다! 그 안에 결정하라! 그때도 만약 떠나지 않는다면 누구든 가차없이 도륙(屠戮)을 내고 말 것이다!"

하고 크게 외치고는 서둘러 말 머리를 돌려서 물러갔다.

9

유정은 이윽고 결심을 한 듯했다. 그런 그녀의 얼굴이 차라

리 맑아 보였다.

동창 제독 구말과 담판을 지으러 가겠다는 유정에 대해 선변은 즉각 반대를 했다. 유정이 제독의 진중(陣中)으로 들어서는 즉시 억류되고 말 것이라고 했다.

지금 구말이 그래도 껄끄러워할 만한 것은 바로 유정의 안위에 관한 문제이기 쉽다는 것이었다. 만약 그가 이번 일에 대해 황상의 재가까지 받았다고 하더라도 아마도 유정의 안전을 우선적으로 확보하여 한다는 전제가 분명 있었을 것이라는 짐작이다. 냉정한 말이지만, 그런 터에 유정이 스스로 구말의 진중으로 들어간다면 구말로서는 회야평원으로 진군하는 데 그야말로 마지막 작은 걸림돌마저 없어지는 격이라는 것이었다.

"동생에게 혹시 다른 생각이라도 있어?"

유정이 차분하게 물었다.

"저라고 달리 특별한 생각이 있을 리는 없어요. 다만 주어진 상황에 정면 대응을 해보는 수밖에는요."

"정면 대응이라면?"

"일단 무림맹주의 선언이 있은 만큼 구말이 취할 수 있는 수단은 무력 진압밖에 남지 않은 것으로 보여요. 일단 군사들이 진군해 온다면 그야말로 불가항력의 형세일 것이니, 이곳의 이천여 군웅은 저항하기보다는 사방으로 도주하게 되겠죠. 상황이 그렇게 진행된다면 그런 중에 분명 조그만 틈이

생길 수도 있을 것이라는 지극히 희박한 기대를 가져 보는 것
이죠."

선변의 말끝에 엷은 자조가 매달렸다. 그에 유정의 눈매가
언뜻 찌푸려졌다.

"결국 군웅들을 희생시켜 기회를 얻겠다는 것이야? 설령
그렇게 탈출에 성공하여 목숨을 건진다고 해서 그 생(生)에
과연 무슨 의미가 있을까? 더욱이 조정의 중(重)한 죄인이 될
터이니, 일생 천하 어디에서 발붙이고 살 수 있을까?"

순간 선변의 눈빛이 번뜩였는데, 그 번뜩임에서는 희미한
독기마저 비쳤다. 그러나 선변은 이내 가볍게 소리 내어 웃으
며 말했다.

"훗! 지극히 희박한 기대라고 이미 말하였지만, 만약 우리
중에 단 한 사람이라도 일단 탈출에 성공한다면 그때는 상황
을 바꾸어놓을 수도 있겠죠."

"상황을 바꾸어놓겠다고? 어떻게? 조정을 상대로 해서 싸
움이라도 하겠다는 거야?"

"조정과의 싸움은 불가능하겠지요. 그러나 모든 수단과 방
법을 다 동원한다면 조정으로 하여금 우리에 대한 방침을 지
금과는 사뭇 다르게 바꾸어놓거나 혹은 귀찮고 번거로워 더
이상 우리에 대해 신경을 쓰지 않도록 만들 수도 있을 겁니
다. 그런 다음에는… 후후! 조정이 아니라 다만 이 일에 관여
하였던 자들에 대한 싸움을 시작해 볼 수도 있을 테고요."

두 여인의 주고받음은 거기까지였다.

"동생의 생각은 잘 알겠어! 그러나 나는 여전히 제독을 만나봐야겠어."

"언니!"

"동생의 말대로 이제 제독이 취할 수 있는 수단이 무력 진압밖에 남지 않았다면, 더욱이 나는 제독을 만나봐야만 하겠어. 그것이 다만 어리석고 무모한 행위에 불과하다고 해도 그의 결심을 돌려놓는 것만이 모두를 위험으로부터 구하는 유일한 길일 테니 말이야. 그리고 내가 그처럼 어리석은 일을 한다고 하더라도 동생이 계획하고 있는 바에 크게 차질이 생기지는 않을 것이고."

"언니?"

선변의 목소리에 언뜻 날이 서고 마는데, 유정은 오히려 결연한 투로 덧붙였다.

"제독이 내 안위에 대해 약간의 껄끄러움을 가지고 있다면 나는 내 목숨으로 그를 설득해 볼 생각이야!"

선변이 문득 차갑게 안색을 굳혔다.

"구말이 비록 언니의 안위에 대해 부담을 느끼고 있다고 해도 언니 한 사람의 목숨만으로 결코 그의 마음을 돌릴 수는 없을 거예요. 더욱이 그 같은 독단은 결코 언니 혼자만의 일로 끝나지 않을 것이며, 그럼으로로써 제 계획에도 반드시 커다란 차질을 주게 되겠죠."

"무슨 뜻이지?"

"아직도 모르시겠어요?"

유정이 흠칫하였다가 선변의 시선을 쫓아 언뜻 옆을 돌아보고는 나직한 침음성을 흘려내고 말았다.

"음……!"

모호한 의미가 담긴 침음성이었다.

강산이었다, 그녀를 향해 담담한 시선을 주고 있는 이는.

유정이 잠깐 만에 생각을 정리하고 강산을 향해 차분한 목소리로 물었다.

"저와 함께 갈 생각이신가요?"

강산은 그저 희미하게 웃음기를 떠올렸다, 눈빛 속으로.

선변은 차라리 고개를 돌리고 말았다.

유정의 각오가 바뀌지 않을 것임을 알기에, 그녀의 각오에 대해 강산의 마음이 또한 바뀌지 않을 것임을 능히 짐작하기에.

이강은 평소 자신의 주장이 거의 없는 사람이다.

그러나 그는 지금 나직한 중에도 분명한 의지를 담아 말을 꺼내고 있었다.

"저들의 최종 목표가 우리에게 있다면, 차라리 우리가 이곳에서 나가 버리면 상황은 오히려 간단해지겠군요."

그 말에 선변은 문득 어이없다는 기색이 되고 말았다.

그때 윤파가 대뜸 거들고 나섰다.

“그 말이 맞다. 이러쿵저러쿵할 것 없이 그냥 같이 한번 가 봅시다!”

그 말에 노달이 희미한 미소를 떠올렸고, 서활은 가만히 한숨을 내쉬었다.

힐끗 사람들의 표정을 일별하고 난 다음에 선변이 문득 처진 목소리로 말했다.

“늘 나만 악역을 맡는군요!”

이어 그녀는 완연히 불만스럽다는 기색으로 덧붙였다.

“모두의 생각이 그렇다면… 뭐, 좋아요! 정말로 마음에 들지는 않지만 모두 다 죽고 난 다음에 나 혼자 살아남는다고 생각해 보면 이 정도라도 배짱에 맞는 사람들을 다시 만나기는 어려울 것이니 차라리 함께 죽는 길을 택하는 것이 마음이나마 편하겠네요.”

10

유정에게서 잡조의 생각을 들은 무광 진인은 일단 만류부터 했다.

그러나 그때쯤에는 무림맹의 수뇌부들도 군사들의 목적하는 바가 결국에는 잡조에게 있다는 짐작이 어느 정도 선 다음이었는지, 그들 전체의 분위기는 잡조가 스스로 군웅들에게서 이탈하겠다는 데 대해 적극적으로 말리지는 않는 것이었다.

잡조가 군사들을 향해 앞으로 나아가는데 수천의 기마대가 그 앞을 가로막아 장창을 겨누었다.

그리고 예의 그 장수가 말을 달려오며 우렁차게 외쳤다.

"거기 오는 자들은 각자의 출신과 성명을 고하라!"

말과 사람이 함께 투구로 무장한 채 길이 일 장여에 달하는 긴 창을 앞으로 겨눈 장수의 모습에서는, 무림인들과는 또 다른 살벌한 기세와 용맹하기 그지없는 위용이 돋보였다.

그때 유정이,

"나는 사해상단의 유정이라는 사람이오!"

하며 친림황패(親臨皇牌)를 내보였다. 그리고 다시,

"장군은 혹시 이 패가 무엇인지 알아보시겠소?"

하고 물었다.

그런데 장수는 미리 지침을 받은 게 있는지 당황하는 기색 없이 말 위에서 간단히 군례를 취하며 여전히 우렁차게 답했다.

"군령을 받고 있는 몸인지라 약례(略禮)로 황패를 뵙는 것을 용서하십시오!"

유정이 고개를 끄덕이며 말했다.

"동창의 구 제독이 군사들을 통솔하고 있음을 알고 있소. 나는 제독을 만나려 하니, 장군은 나와 나의 일행을 제독에게로 안내해 주시오!"

장수가 힐끗 유정 뒤쪽의 강산 등을 훑어보고 난 다음에 답
했다.

"그렇지 않아도 소저를 뵙거든 정중한 예로 모시라는 명
을 받은 바 있습니다. 그러나 다른 일행에 대해서는 명을 받
은 바 없으니, 소저 외에는 진중으로 드는 것이 불가합니
다!"

그에 유정이 다시 패를 높이 들어 보이며 단호하게 외쳤
다.

"황상께서 내게 이 패를 친히 내리실 때 말씀하시기를, 이
패로 할 수 있는 일이 막상 많지는 않을 것이나 다만 누구도
이 패 앞에서 무례하지는 못할 것이라고 하셨소. 한데 지금
장군이 나를 대하는 언행은 결코 제대로 된 예를 갖췄다고는
하기 어려우니, 아무리 군령이 엄하다지만 혹시 장군은 황상
의 위엄보다는 오히려 구 제독의 군령을 더욱 두려워하는 것
이 아니오?"

물론 유정의 단호함 때문보다는 친림황패가 상징하는 권
위 때문일 터이지만, 순간 장수는 당황하는 기색이 역력했다.

그때 유정은 문득 담담하게 웃는 얼굴로 바꾸며 부드럽게
말했다.

"장군의 입장을 짐작하지 못할 것은 아니니, 일단 우리를
안내하는 중에 따로 제독에게 전령을 보내 지침을 받도록 하

는 것이 어떻겠소? 그리하여 만약 제독에게서 다른 명이 떨어
진다면 그때 다시 합당한 조치를 취해도 늦지는 않을 것이
오."

　잡조가 장수의 뒤를 따라 군사들의 진중 깊숙이 들어가는
데, 아아! 눈에 들어오는 광경마다 실로 장관이었다.
　정연한 대오를 갖춘 수만의 군사들이 광야 가득히 집결해
있는 중에 저마다 분주히 움직이고 있었다.
　그런데 한참이나 나아가도록 사방의 시야가 닿는 모든 곳
의 광경들은 변하지 않고 있었다.
　철갑과 창검으로 완전 무장한 수만 군사들의 속으로 들어
가는 기분이란…….
　강산과 노달, 윤파와 이강 등이 아무리 절대의 무공을 지닌
고수들이라고 해도 역시 머리끝이 절로 쭈뼛거리는 것을 어
쩔 수 없었다.
　그때였다. 어디선가,
　뿌우우우!
　하는 길고도 장중한 나팔소리가 있더니, 돌연,
　두두두두!
　두두두둑!
　하는 수백, 수천의 말발굽 소리가 지축을 울리며 귀를 먹먹
하게 만들었다. 그러더니 이내 일대의 천지는 뿌연 흙먼지로

휩싸이고 말았다.

족히 수천은 넘어 보이는 철갑기마들이 맹렬히 초지 위를 질주해 오고 있었다.

곧바로 치달려오는 기세만으로도 엄청난 위협을 느끼지 않을 수 없었기에 윤파와 이강이 당장에 검을 뽑아 들고 일행의 앞으로 나아가려 했다. 그러나 강산이,

"아서라!"

하고 소리쳐 둘을 제지하였다.

제독을 만나기 전이니 섣불리 군사들과 충돌을 일으킬 계제가 아니었고, 더욱이 그들 몇몇으로 수천, 수만의 완전무장한 군사들과 부딪칠 엄두를 내볼 일도 아니었다.

두두두두!

두두두둑!

철갑기마들은 이내 잡조를 넓게 둘러쌌다. 그리고 주위를 선회하는 중에 곧장 정면으로 달려들었다가는 급하게 방향을 꺾어 휘돌아 나가는 등 예측불허의, 그럼으로써 더욱 위협적인 움직임을 보였다.

그러나 맹렬한 중에도 엄정한 질서와 대오를 갖춘 움직임이어서, 그것이 곧 하나의 잘 훈련된 병진(兵陣)임을 짐작해 볼 수가 있었다.

그리고 오래지 않아 잡조는 기마대의 의도를 알 만하였다. 바로 유정을 다른 일행들에게서 격리해 내려는 것이었다.

그에 유정이 불문 사자후를 돋우어 크게 외쳤다.

"여기서부터는 저 혼자 들어갈 테니, 다들 여기서 기다리세요! 그리고 무슨 일이 생겼다고 판단되거나 일각 안에 제게서 아무런 연락이 없다면 그때는 즉시 다른 방도를 모색하도록 하세요."

그에 강산이 생각해 보는 기색도 없이 곧바로 힘껏 목청을 돋우어 모두에게 외쳤다.

"우리는 여기서 기다린다!"

다른 여지가 없이 너무도 분명한 지시였다.

그것에 대해 유정과 선변이 동시이다시피 언뜻 강산을 돌아다보았는데, 그녀들의 시선에 각기 이채로움이 담겨 있었다.

유정은 이내 희미한 웃음기로 이채를 지웠다.

그리고 선변은 무겁게 얼굴을 굳혔다.

장수를 앞세우고 유정이 홀로 그 뒤를 따르자, 과연 종횡무진으로 질주하던 수천의 철갑기마대들이 대열을 벌려 좁은 길을 터주었다.

그리고 유정이 지나간 뒤의 길은 금세 다시 기마들로 메워져 버렸는데, 그럼으로써 유정과 잡조 사이에는 철벽과도 같은 굳건한 벽이 생겨 버린 것이었다.

그러나 잡조의 모두가 사뭇 비장한 기색이 되어 있는 중에도 강산은 그다지 급한 기색조차 없어 보였다.

철갑기마대 사이에 파묻혀 보일 듯 말 듯 멀어지고 있는 유
정의 모습에 그저 멀거니 시선을 던져 두고 있는 모습일 뿐이
었다.

八十七
신위(神威)

1

유정은 이윽고 동창 제독 구말과 대면할 수 있었다.

그러나 구말은 아직도 그녀로부터 십여 장이나 떨어진 곳에 있었다.

더욱이 구말과 그녀와의 사이에는 수많은 군사들이 겹겹이 도열하여 가히 인(人)의 장벽을 쌓고 있었다.

우선 앞쪽으로는 긴 창을 앞세운 수백 명의 창병(槍兵)이 겹겹이 늘어섰다. 그 뒤로는 수백에 달하는 궁수들이 화살을 시위에 건 채 겹겹이 섰으며, 다시 그 뒤로 도검 등의 단병(短兵)을 갖춘 보병 수백이 동창 제독 구말의 주위를 층층이 둘러싸고 있었다.

뿐만 아니었다.

그러한 인의 장막 주변을 다시 근 일천에 달하는 철갑기마들이 둘러싸고 있었으니, 구말은 가히 철옹성의 보호벽 안에 있다고 할 만하였다.

단단하다 못해 지독하다고 해도 좋을 그런 대비는 아마도 구말이 일전에 선변과 강산에게 크게 당했던 경험이 작용한 때문일까?

이곳까지 그녀를 인도했던 장수는 어느 틈에 사라진 터라 유정이 홀로 망연히 서 있다가 문득 물었다.

"지금의 이 상황을 과연 어떤 뜻으로 받아들여야 하는 건가요?"

차분하고 나직한 목소리였으나 내력이 실려 있었기에 그녀의 말은 십여 장의 거리를 뛰어넘어 또렷하게 전달되었다.

그러나 구말은 대답하기 위해 마치 언쟁이라도 하듯이 크게 고함을 쳐야만 했다.

"궁주(宮主)께 무례가 된다면 그것에 대해서는 차후에 별도로 죄를 청하도록 하겠소!"

궁주라는 호칭은 유정에게 몹시도 낯설었다.

그러나 그 호칭에서 유정은 선변이 미리 예견한 대로 구말이 그녀의 신분을 감안하고 있다는 사실을 확인할 수 있었다. 구말의 고함이 이어지고 있었다.

"지금은 강호의 불측한 도당(徒黨)을 체포하는 일을 모든 것에 우선할 수밖에 없기 때문이오!"

유정이 잠시 생각한 후에 단도직입적으로 물었다.

"그 불측한 도당이 구체적으로 잡조를 말하는 것인가요?"

"그렇소!"

하는 구말의 대답에 조금도 주저함이 없었을뿐더러 명료하기까지 하였으므로 유정은 잠시의 틈을 둔 다음에야 다시 물을 수 있었다.

"분명히 말해서 체포인가요, 아니면 주살(誅殺)인가요?"

유정의 목소리가 날카로워졌으나 구말의 대답은 여전히 거침이 없었다.

"체포요! 그러나 그자들이 만약 조금이라도 반항한다면 가차없는 주살이 될 것이오!"

"황상께서 그리하도록 윤허하셨나요?"

"동창 제독에게 부여된 임무는 참으로 막중한 까닭에 혹간은 미처 황상의 윤허를 받지 못하고 수행하여야 할 만큼 긴박한 경우가 있게 마련이오. 만약 본 직이 임무를 수행하는 중에 과실이 있다면 우선 일을 처리하고 난 연후에 황상께 죄를 청하면 될 일이오!"

"그렇다면 나중을 위해서라도 제독께서 우리에게 지운 죄가 과연 무엇인지에 대해 먼저 들어봐야겠군요?"

"궁주께서 스스로 그들과 한 무리임을 인정하여 '우리'라 칭하였으니, 본 직 또한 다듬지 않고 말씀을 드리겠소. 황상

께서 궁주께 친림황패를 하사하신 것은 다만 황족으로서 궁
주 일신의 위엄을 지키고 안전을 보호하라는 어의(御意)셨는
데, 그간 잡조의 행적을 추적해 본 결과 황패의 권위는 사뭇
다른 용도에 남용된 바가 있었소. 그것은 곧 황상의 권위를
남용하여 불측한 사익을 도모한 것이니 그것만으로도 어찌
대죄가 아니겠소?"

유정이 차라리 담담하게 웃으며 반문했다.

"남용이니, 불측한 사익이니 하는 것이 무엇을 말하는 것
인지 제독께서는 구체적으로 지적해 주시겠습니까?"

"우선은 이번의 무림대회 건이오. 대회를 선포하는 포고문
에서부터 황인(皇印)이 사용되었으니, 그것부터가 남용이 아
니고 무엇이겠소?"

유정은 잠시간 묵묵히 구말과 눈을 마주쳤다. 그러다 문득,

"호호호!"

하고 크게 소리 내어 웃고 난 다음에 다시 차분한 어조로,

"이번 대회를 포함해 제가 무슨 일을 어떤 식으로 도모하
고, 또 진전시켜 나가리라는 것에 대해서는 제독께서도 이미
그 대략을 알고 계셨던 바가 아니었던가요? 직접 얘기가 되지
않은 부분이 있었다고 하더라도 제독께서 짐작하지 못할 부
분은 없었을 법한데 이제 와서 새삼 그것을 문제 삼는 이유가
무엇인가요?"

그에 구말이 또한 잠시간 유정과 눈을 마주치고 있더니, 문

득 웃는 얼굴이 되며,

"하하하! 지난날 황상께서 궁주를 친견하시고 난 다음에 궁주의 기품과 총명함에 크게 기꺼워하시더니, 이제야 확연히 그 까닭을 알 것 같소!"

하고는 다시 정색이 되어,

"단적으로 말씀을 드리자면, 본 직이 생각했던 것보다 일이 너무 커지고 있기 때문이오!"

이어 유정은 미처 예상하지 못했던 뜻밖의 말을 들었다.

아니, 그것은 어쩌면 그녀 또한 익히 알고 있거나 최소한 짐작은 하고 있던 사실일 터인데, 다만 그동안 그 자세한 내막들에서 애써 눈을 돌리고 있던 것일 수도 있었다.

동창 제독 구말은 잡조 혹은 소위 잡조동맹의 이름으로 진행되고 있는 일들에 대해 조목조목 예를 들며 그것들에 대해 그가, 나아가 조정이 어떤 우려를 가지고 있는지에 대해 말했다.

"소수이지만, 그 각각이 절대무공의 소유자들인 잡조, 정보 장악력에 있어서만큼은 이미 개방과 무벌의 역량을 간단히 넘어서 버린 하오문, 그리고 마교와 무림맹을 비롯한 정사(正邪)에 구애받지 않는 유대 관계와 영향력을 기반으로 가히 고금에 유래가 없다 할 만큼 엄청난 몸집을 계속 키워가고 있는 소위 잡조동맹. 자! 이런 모든 요소들이 한군데로 집중되었을 때 그것이 무림의 질서에 미칠 영향력과 나아가 천

하질서에 미칠 파괴력이 과연 어떠할 것인지 궁주께서는 생
각해 본 적이 있소?"

"음……!"

유정의 나직한 침음성은 자신도 모르게 흘러나온 것이었
다. 그러나 그녀는 곧바로 이의를 제기했다.

"잡조동맹은 다만 무림의 소문이 만들어낸 근거없는 얘기
일 뿐인데 제독께서 그것을 기정사실로 만들어 엄청난 몸집
이니 하고 단정하여 말씀하시니, 그것만 보더라도 전체적인
억측이 없다고는 못하겠군요."

구말이 언뜻 안색을 굳히며 말을 받았다.

"오대세가를 끌어들이고, 마교를 병합하고, 무림맹까지 끌
어들인 것이 사실이 아니란 말이오? 그뿐이오? 한편으로는
무림의 수많은 군소 방파들을 실질적으로 장악하며 무서운
속도로 몸집을 불려가고 있는 것을 이미 확인하였거늘, 어찌
억측이라고 하는 것이오?"

유정이 흠칫 안색을 굳혔으나 당장에 뭐라고 반문을 하지
는 못하였다.

구말이 그런 유정의 안색에서 일말의 의아함을 발견하고
서 문득 탄식하며,

"허허! 소위 잡조동맹이 목하 천하 각지로 급박하게 그 세
를 확장해 나가고 있는 사실에 대해 막상 그 중심에 있는 궁
주께서는 정말로 모르고 계신다는 말이오?"

하고 묻고는 다시 덧붙였다.

"사실이오! 최근 잡조동맹은 그 막강한 영향력을 바탕으로 정마와 녹림과 흑도 등을 가리지 않고 무수한 무림의 군소 방파들과 무차별적으로 동맹 관계를 맺어나가고 있는 중이며, 그 실속이야 어찌 되었든 간에 그 양적 규모에 있어서는 이미 무벌을 압도하고도 남음이 있을 지경이오! 거기에 더하여 이제 사실상 몰락의 길을 걷게 된 무벌의 하부 조직들까지 흡수해 들인다면, 그야말로 무림사에 유래가 없었던 초거대의 동맹 조직이 탄생하게 될 것이오! 그리고 그것을 그대로 방치해 두었을 때는… 비록 무림맹이 여전히 존속된다고 하더라도 결코 이전과 같은 최소한의 균형조차 기대할 수 없게 되리라는 것은 불 보듯 뻔하지 않겠소? 이미 언급하였던 바처럼 최강의 절대고수들과 최강의 정보 장악력, 그리고 최강의 자금력을 갖춘데다, 이제 곧 유래가 없는 초거대 조직까지 갖춘다면, 이후의 잡조동맹에 거칠 것이 무엇이겠소? 그들이 무슨 일을 벌일지 뉘라서 감히 짐작할 수 있을 것이오?"

구말의 말이 거기까지 이르렀을 때, 이윽고 유정은 깊이 탄식하지 않을 수 없었다.

'아아! 선변 동생!'

내심을 짓누르는 무겁기 이를 데 없는 탄식이었다.

"본 직이 보건대, 궁주께서는 결코 이런 종류의 일에 대해 주관적이거나 혹은 적극적으로 개입하실 성품은 되지 못하오!"

잠시 틈을 두었다가 문득 꺼내는 구말의 말이었다.

"어떤 의미로 하는 말씀이신지……?"

"일을 주도하고 있는 자를 분명히 해둘 필요가 있다는 말씀이오!"

유정이 흠칫 어깨를 떨며 차갑게 물었다.

"아마도 제독께서는 주도하는 자를 이미 분명히 해두셨겠군요?"

"물론이오!"

하고 구말이 주저없이 대답하고 나서 다시 차분한 어조로 이었다.

"선변이라는 여인이 심계가 뛰어나며 지금까지의 거의 모든 일들에 관여하고 있는 것으로 조사되었으나, 이제 겨우 스물을 갓 넘긴 어린 여인에 불과하니 이처럼 거대한 일을 전체적으로 이끌어 나갈 그릇이라고 보기에는 역시 무리가 있다고 할 것이오!"

문득 생각 외의 말을 들었다는 표정이 되었다가 이내 불안한 기색으로 되고 마는 유정의 표정 변화를 주의 깊게 살피면서 구말이 다시 말을 이었다.

"가만히 따져 보면 참으로 묘하다고 할 인물은, 바로 강산이라는 자요! 이번 일의 중심에 잡조가 있고 강산이 다시 그 조장의 위치에 있음에도 불구하고, 막상 그자는 그동안 언제나 사람들의 관심에서 한발 비켜서 있었소! 예컨대 바로 방금 전까지만 해도 그자가 무황 염운백을 물리치고 단숨에 새로운 천하제일인으로 자리매김할 것이라고 과연 상상이라도 해본 이가 누가 있겠소? 한데 가만히 생각해 보면 그러한 일은 결코 우연으로 될 수 있는 것이 아니어서, 오랜 기간 치밀한 계획과 준비를 가지고 진행해 오지 않았다면 결코 이루어지지 못했을 일인 것이오! 그런 점에서 그는 진정 무서운 인물이라고 할 것인데, 이제 그가 잡조동맹의 명목적일 뿐만 아니라 실질적으로도 명실상부한 맹주가 되어 무림을 한 손에 움켜잡았으니, 나아가 얼마든지 더 큰 야욕을 부리지 않으리라 그 누가 장담할 수 있을 것이오?"

그때 유정은 차라리 담담해졌다, 무엇이 그처럼 단숨에 당황스럽기만 했던 그녀의 심정을 차분히 가라앉게 만들었는지는 알 수 없었지만.

"제독께서는 지금 마치 방향을 미리 정해놓고서 상황을 그쪽으로 몰아가고 계신 듯하군요?"

유정의 차분함이 의외였는지 구말은 언뜻 한가닥의 이채를 떠올렸다. 그러나 그는 이내 짐짓 느긋한 투로,

"그런 의미가 없지는 않소!"

하고 시인하며 다시 덧붙였다.

"이 일은 이미 조정의 요로에서도 일차적으로 논의가 된 일이오. 만약 그렇지 않았다면 아무리 긴급한 사안이라 해도

본 직이 이처럼 대대적으로 군사를 일으키지는 못했을 것이
고, 그것은 또한 어떤 이유에서든 누군가는, 모두가 납득할
수 있는 누군가는 반드시 이러한 상황에 상응하는 책임을 져
야만 하게 되었음을 의미하는 것이오!"

유정은 비로소 확신할 수 있었다, 구말의 의지가 되돌릴 수
없도록 완전히 굳어졌다는 것을. 이미 벌써부터.

2

"제독께서 굳이 그렇게 몰아가고 싶어하신다면 소생 또한
굳이 해명할 의향은 없소. 어쨌든 소생이 잡조의 조장인 것은
사실이니 말이오."

그 말은 갑작스럽게도 유정의 바로 곁에서 들렸다.

아니, 어느 순간에 원래부터 그 자리에 있었던 것처럼 등장
해 있는 강산이 하는 말이었다.

유정의 얼굴에 놀란 기색이 스쳤다. 유정이 그럴 정도이니
제독은 그야말로 기겁을 하고 말았다.

"막아라!"

군사들 중에서 누군가의 고함이 있었고, 그 즉시 전방의 창
병들이 장창을 겨눈 채로 강산을 향해 달려들었다.

순간 강산의 신형이 언뜻 희미해졌다가 다시 또렷해지는
가 싶었다. 그런데 그의 손에는 어느새 한 자루의 장창이 들

려 있었다.

강산이 장창을 가볍게 한 번 휘두르는데,

과아아아아앙!

하고 마치 용이 울부짖는 듯한 굉음이 울려 나왔다.

동시에 달려들던 창병들의 선두 수십여 명이 일제히 뒤로 되밀려 나가고 마는 것이었다.

강산의 그 가벼운 한 수에 부드럽게 펼쳐 낸 발능(發能)의 거대한 힘이 담겼다는 것은 오직 강산만이 알 일이었다.

강산이 일단의 창병을 가벼이 밀어낸 다음에 창을 바닥에 세우고 섰는데, 그 위용이 참으로 대단하였기에 창병들에게 서는 다시금 돌진하기를 두려워하는 기색이 뚜렷하였다.

그때 이선(二線)의 궁수들이 일제히 활을 겨누는 것을 보고, 강산이 부드럽게 유정의 허리를 감으며 속삭였다.

"내게서 떨어지지 말아요."

그리고 순간적으로 두 사람의 모습은 그 자리에서 사라졌다.

번뜩!

두 사람의 모습이 홀연히 나타난 것은 궁수들의 뒤쪽, 단병(短兵)의 보병들 바로 앞이었다.

동창 제독 구말과는 겨우 오 장여의 거리를 둔 지점이었다.

신출귀몰하는 두 사람의 모습에 군사들 사이에서는 일시에 경악과 혼란이 일어나고 있었다.

수백의 창병과 또한 수백에 달하는 궁수들의 대오를 단숨에 뛰어넘었으니 실로 보고도 믿지 못할 노릇이 아닌가?

다급한 명령이 떨어졌다.

"단병대(短兵隊)는 진의 간격을 좁혀라! 기병대(騎兵隊)와 창병대(槍兵隊)는 즉시 적에 대응하라!"

즉시로 단병의 보병들이 좁게 좁게 걸음을 옮겨 서로의 어깨가 닿을 정도로 밀착하였다.

그럼으로써 그들은 그야말로 한 치의 틈도 존재하지 않는 인벽(人壁)을 만들었다. 무수한 도검으로 뒤덮인 사람의 벽.

동시에 수백의 창병들과 또 일천여의 기마가 일제히 맹렬한 기세로 움직이기 시작했다.

"와아아!"

"와아아아아!"

창병들의 고함 소리와,

두두둑!

두두두둑!

기마들의 말발굽 소리가 일대를 진동하며 뿌연 먼지구름을 솟구쳐 올렸다.

그때 강산은 아직까지도 손에 들고 있던 장창을 어깨 위로 들어 올렸다. 그리고 천천히 한곳을 겨누었다.

바로 구말을 향해서였다.

군사들에게 파묻히다시피 겹겹이 둘러싸인 중에도 구말의

두 눈에 언뜻 공포가 서렸다.

유정이 슬그머니 강산의 옷자락을 잡으며 속삭였다.

"제독에게 직접 손을 쓰면 정말로 일을 돌이킬 수 없게 돼
요."

강산과 유정은 크게 몰리는 기색도 없이 시종 오 장의 거리
를 두고서 구말의 주위를 맴돌고 있었다.

그러나 주변을 에워싼 수천의 군사, 나아가 사방에 가득 찬
수만의 대군은 단 두 사람에 불과한 적에 대해 당장에는 어떻
게 해볼 방도가 없어 보였다.

특히 궁수들과 기마병들은 지금 이 순간 무용지물이나 마
찬가지였다.

강산과 유정의 바로 뒤쪽 오 장여 거리에 구말이 있는데 감
히 활을 쏠 것인가.

혹은 바로 바로 그 뒤에 단병대가 인의 장벽을 쌓고 있는데
말을 몰아 돌진을 할 것인가.

지금 상황에서는 기껏 보병들이 근접하여 단병(短兵)을 휘
둘러 볼 수 있을 뿐이었다.

그러한데도 공간의 제약이 있으니, 직접 강산과 유정에게
근접하여 칼이라도 한 번 휘둘러 볼 수 있는 수는 기껏해야
수십여에 불과할 뿐, 나머지 수천, 수만의 군사는 그 바깥에
서 그저 기세만 돋울 수 있을 뿐이었다.

그런 중에 다시 강산과 유정의 기이한 움직임은 군사들로 하여금 번번이 헛걸음을 치도록 만들기 일쑤였다.

두 사람이 움직이는 것이 그리 빨라 보이지도 않고 그저 가볍게 걸어다니는 것 같은데도 사방을 가득 메운 군사들은 좀처럼 두 사람을 따라잡지 못하고 있었다.

그뿐만이 아니었다.

강산과 유정을 따라 바로 가까이에서 작게는 수백, 많게는 수천의 군사가 우왕좌왕 쏠려 다니는 중에 기이한 광경들이 반복하여 벌어지고 있었다.

바로 발능과 탄능, 그리고 흡능과 교류능의 조화였다.

우당탕, 팅겨나는가 하면 우르르, 끌려들어 고꾸라지고 만다. 그 와중에 군사들끼리 밟고 밟히는 광경들이 아주 난리도 아니었다.

유정은 이제 자신들이 처한 상황에 대해 긴박함을 느끼기보다는 차라리 신기하다는 생각이 들 정도였다.

물론 그것이 강산 한 사람이 부려내는 조화라는 것은 그녀로서도 능히 짐작하고도 남음이 있는 일이었다.

3

[이 싸움을 계속하여 끝내 우리를 죽일 수는 있겠지만 군사들의 희생 또한 제독께서 상상하시는 그 이상이 될 것임을 아

직까지 모르지는 않으실 터! 그것이 과연 제독께서 진정 바라
시는 바인가요?」

구말의 귓전에 가느다랗게 울린 그 소리는 유정이 보낸 전
음이었다.

지금 구말의 눈앞에서 벌어지고 있는 엄청난 광경은 한마
디로 강산의 능력이 얼마나 절대적인지를 새삼 일깨워 주는
것이었다.

무황 염운백을 꺾고 당금 무림 천하의 새로운 절대자로 등
극한 그의 능력을 말이다.

「멈춰라!」

구말의 명령은 나직했다. 그러나 지휘 계통을 따라 신속하
게 사방으로 전달되었다. 곳곳에서,

「멈춰라!」

「멈춰라!」

하고 명령들이 이어나가더니 잠시 뒤에는 주변의 모든 움
직임들이 멈추었다. 다만,

푸륵!

푸르륵!

하고 미처 흥분을 가라앉히지 못한 말들의 투레질 소리만
이 여기저기에서 들려왔다. 곧이어,

「대열을 정비하라!」

하는 누군가의 커다란 외침에 구말을 중심으로 한 인(人)의

장벽이 재빨리 뒤로 물러서 거리를 벌렸고, 궁수들과 창병들이 신속히 이동하며 그 틈을 메웠다.

강산과 유정은 한자리에 멈춰 선 채 묵묵히 군사들의 움직임을 지켜보았다.

처음처럼 다시 수백의 장창이 일제히 두 사람을 향해 겨누어졌고, 또한 수백의 활이 두 사람을 향해 일제히 시위를 당겼다.

뿐만 아니라,

그르륵!

그르르륵!

하고 바퀴 구르는 소리들이 요란하더니 수십 대의 작은 수레가 신속히 이동해 와서 구말과 단병대 앞에 이 열(二列)로 엇갈리게 늘어섰다.

수레에는 십여 개의 쇠뇌가 설치되어 있었다. 기관 장치로 한꺼번에 십여 대의 강시(强矢)를 발사할 수 있는 무기였으니, 그것들이 일제히 발사된다면 수백 개의 화살이 한꺼번에 발사되는 것이다.

그러나 유정은 이제 그다지 불안하거나 위협을 느끼지는 않았다.

강산의 절대무력을 믿기 때문이라기보다는 그녀의 곁에 그가 있다는 사실 자체만으로도 안도할 수 있었다.

한순간 유정은 피식 실소하였다. 그리고는 곧바로 당황스

러운 얼굴이 되고 말았다. 의도하지 않게 흘리고 만 실소였
다.

강산이 자신의 장삼을 벗어 그녀의 어깨에 걸쳐 준 때문이
었다. 마치 그 장삼이 군사들의 창검과 화살로부터 그녀를 보
호해 줄 수 있다는 듯이.

예전의 그 수화와 도검이 불침한다는 장삼과는 다른 장삼
이었다.

'그에게는 이런 특별한 장삼이 도대체 몇 벌이나 있을까?'

4

"이런 형국을 만든 이유가 도대체 무엇이냐?"

십여 장 저쪽, 인(人)의 장막 속에서 구말이 물었다.

자신에게 묻는 말이 분명했기에 강산은 힐끗 유정을 보았
다.

유정의 표정으로 미미한 당혹과 우려의 기색이 스쳤다. 강
산이 그것을 보고는 곧바로 구말을 향하며 담담히 반문했다.

"이런 형국이란 무엇을 말하는 것이오?"

"몰라서 묻는 것이냐? 이번 대회를 통해 너는 무림의 새로
운 일인자로 부상했으며 무벌은 이제 곧 와해될 지경에 처했
는데, 이러한 결과들이 너의 의지와 전혀 무관하게 우연히 일
어났다고는 말하지 못할 것이 아니냐?"

강산이 잠시 씁쓰름한 표정을 지은 다음에 대답했다.

"그렇소. 이런 결과를 바란 것은 아니지만, 어쨌든 소생의 의지로 지금까지 온 것은 분명하오."

"그러니 네가 궁극적으로 목표하는 바가 무엇이냐고 묻는 것이다. 무림에서 독존(獨尊)하고자 하는 것이냐, 아니면 그 이상의 또 다른 야심이 있는 것이냐?"

"무슨 거창한 목표나 야심 따위는 처음부터 없었소. 다만……."

강산이 말을 끊자, 구말이,

"다만, 무엇이냐?"

하고 재촉했다. 강산은 다시금 유정에게로 시선을 한 번 주고 난 다음에 천천히 말을 이었다.

"몇 가지의 빚을 갚고자 했을 뿐이오."

"빚이라? 허허! 다만 빚이란 말인가? 그래, 어떤 빚을 말함인가?"

"그것은 소생의 사사로운 빚이니 굳이 말하고 싶지 않소."

그러나 구말은 다시 물었다.

"무벌에 대해서인가?"

"그렇소!"

"그럼 이제 그 빚은 다 갚았다고 할 수 있는 것인가?"

"현재로서는 그렇다고 할 수 있소."

"그렇다면 앞으로 잡조와 나아가 잡조동맹에 대해서는 어떻게 할 것인가? 본래의 필요성을 다 했으니, 해체할 것인가?"

그 물음에 강산은 일시 말문이 막히고 말았다. 딱히 생각해 본 적이 없는 일이었다. 그때 구말이,

"하하하하!"

하고 크게 소리 내어 웃고 나서 말했다.

"해체할 의지는 없는 모양이로군?"

강산이 여전히 대답을 내지 못하는데, 그때 유정이,

"조장님!"

하고 나직하고도 조심스러운 소리로 불렀다.

그러나 힐끗 그녀를 보고 난 다음에 강산은 오히려 잠시간 의 당혹감과 곤란함에서 벗어날 수 있었다.

그녀를 향해 엷은 미소를 보여준 다음에 강산은 다시 구말 을 향하며 담담하게 대답했다.

"잘 모르겠소. 소생은 아직까지 그런 데 대해 생각을 해본 적이 없소."

유정은 가늘게 한숨을 불어 내쉬었다. 그리고 그때 그녀의 생각은 어느 정도 정리가 되었으므로 구말을 향해 차분하게 입을 열었다.

"조장님의 말씀에 부언하여 제가 몇 가지 말씀을 드려도 될까요?"

그에 구말이 가볍게 미간을 찌푸렸으나 곧 고개를 끄덕

였다.

"방금 조장님이 언급하신 빚은 저와도 깊은 연관이 있습니다. 사실은 저로 인해 시작된 인과이지요. 어쨌든 그 인과로 인해 잡조가 생겼고, 무벌과의 끈질긴 악연이 이어지게 된 것이죠. 그러나 이제는 모든 은원들이 해결되었다고 할 수 있으니 잡조는 더 이상 지금과 같은 형태로 남을 필요가 없을 것이고, 그렇다면 당연히 제독께서 우려하실 바도 없게 될 것입니다."

구말은 잠시 유정과 시선을 마주친 채로 있었다. 그러나 이어진 그의 말은 강산을 향한 것이었다.

"자네가 원하든 원하지 않든 자네가 행한 결과로 인해 이제 무림의 질서는 한바탕 크게 재편될 수밖에 없을 걸세. 내 말에 동의하지 않나?"

강산이 대답 대신 묵묵히 고개를 끄덕이자 구말이 다시 물었다.

"자네에게 다시 한 번 묻겠네. 잡조는 어떻게 할 것인가, 또한 자네는 어떻게 할 것인가?"

앞선 유정의 말에도 불구하고 강산에게서 직접 들어야 되겠다는 집요함이 있었으나, 강산은 그다지 당혹스러워하는 기색없이 그저 덤덤한 투로 대답했다.

"아직까지 정해놓은 것이 없으니 이제부터 생각해 봐야 할 문제일 것이오. 그러나 이미 말한 대로 소생에게는 무슨 거창

한 목표나 야심 따위가 있지 않으니 제독께서 염려할 일은 아
마도 없을 것이오."

구말이 언뜻 미간을 좁혔다가는 문득 시선을 유정에게로
향하며 물었다.

"궁주께서는 이제 어떻게 하실 요량이오?"

유정이 흘깃 강산의 얼굴을 보고 나서 차분한 어조로 대답
했다.

"제가 있어야 할 본래의 자리로 돌아가야겠지요."

"사해상단 말씀이시오?"

"예."

"하면 잡조의 나머지 인물들은 어떻게 할 것 같소?"

"제가 알기로 그들 또한 각자의 자리로 돌아갈 것입니다.
윤파 공자는 해남파로, 노달… 진여송 영감님은 마교로, 그리
고 이강 공자는… 모르긴 해도 그는 세상사에 크게 관심이나
미련을 가지지 않을 것입니다."

"선변은? 그 여인은 지금까지 이루어놓은 것들을 결코 쉽
게는 포기하려 하지 않을 터인데?"

"선변 동생은……."

하고 유정이 곧바로는 말을 잇지 못하는데 강산이 불쑥하
니 대답을 대신하였다.

"그것은 어디까지나 선변의 일일 뿐이오. 그리고 윤파와
이강과 노달 영감님의 경우 또한 다만 그들 각자의 소관일 뿐

이오. 유 소저도, 소생도, 제독께서도, 나아가 천하의 누구라
도 자신이 아닌 타인의 미래에 대해 함부로 예단할 권한은 없
을 것이오."

강산의 기색은 문득 단호해져 있었다.

그러나 그에 대해 구말은 문득 크게 노한 모습이 되어 무겁
게 질타했다.

"그들 각자의 소관일 뿐이라니? 잡조와 잡조동맹의 이름
으로 무벌을 몇 배나 능가할 초거대의 동맹체가 구축되어 그
누구도, 그 어떤 조직도 견제할 수 없는 상태에서 무림을 독
패(獨覇)하더라도 말이냐? 그리하여 그 무소불위의 힘이 무
림에 만족하지 못하고 마침내 천하로 눈길을 돌리더라도 말
이냐? 네가 잡조의 조장이 되어 그런 일에 대해서는 진정 조
금의 우려조차 해보지 않았다는 말이더냐?"

유정은 잔잔한 눈길로 강산을 바라보았다.

강산은 고개를 숙이고 잠시 묵묵히 생각에 잠긴 모습이었
다. 마치 구말의 위엄에 눌린 듯하기도 하였고, 그의 말에 새
삼 공감하게 된 바가 있는 것 같기도 하였다.

그때 강산이 문득 고개를 들며 입을 열었다.

"앞으로의 일은 누구도 알 수 없는 것이오. 제독의 말씀대
로 될 수도 있고, 그렇지 않을 수도 있소."

"참으로 무책임한 말이로다!"

구말이 삼엄하게 질타했으나 강산은 담담함을 잃지 않았다.

"훗날의 일에 대해 소생이 책임을 져야 할 일이 생긴다면, 그때에는 당연히 책임을 질 것이오."

"허허! 그때에 가서 네가 어떻게, 무엇으로 책임을 지겠다는 것이냐?"

"소생의 방식으로 질 것이오, 지금까지 해온 것처럼. 그러나 그것은 역시 어디까지나 소생의 소관일 뿐이오."

"무어라?"

구말의 격노에 수백 궁수의 시위가 일시에 팽팽하게 당겨졌다.

그런 중에 강산의 담담한 목소리가 이어졌다.

"그러나 제독께서 그처럼 우려를 하신다니, 지금부터 그 우려에 대한 대비를 해나가는 것은 어디까지나 제독의 소관이자 책임이라고 할 것이오. 다만 그 우려대로 되지 않았을 때에 제독의 섣부른 예단에 의해 억울한 피해를 당하는 사람이 생기지 않기를 바랄 뿐이오."

구말의 얼굴은 숫제 시뻘겋게 변하고 말았다. 그러나 그는 그 분노를 당장에 터뜨려 내지는 못했다.

유정은 가만히 강산에게로 어깨를 붙였다.

그의 느낌이 전해져 왔다.

사내의 느낌이었다. 세상 그 어떤 사내보다도 당당한, 그러나 그녀에게는 이미 너무도 익숙해진 사내의 느낌.

"제독께서는 오늘 아무래도 소생과 잡조에 대한 살의를 단단히 굳히신 것으로 보이오만?"

문득 묻는 강산의 말에 대해 구말은 부정하지 않고 고개를 끄덕였다.

"그렇다면 부탁 한 가지 드려도 되겠소?"

"무엇이냐?"

"잡조의 조원들과 마지막으로 몇 마디 얘기를 나누고자 하니, 그들을 가까운 곳으로 오게 해주시오!"

구말이 언뜻 의아했지만, 그 정도를 들어주지 않아 굳이 용렬함을 자초할 것은 아니었다.

그들이 아무리 최고의 무공을 지닌 절세고수들이라고 하더라도 오만 대군의 포위 공격에서 살아남을 수는 결코 없는 일이었다.

5

구름 같은 군사들의 속을 지나오면서 선변의 얼굴은 점점 더 암담해져만 갔다.

사방을 메운 군사들의 움직임은 마치 바다 같았다. 거대한 조류가 흐르듯이 그들은 움직이고 있었다.

가히 필살의 진이었다.

방패와 장창과 활과 쇠뇌.

사방에서 던져지는 수천의 장창 속에서 어떻게 살아남을

수 있겠는가?

소나기처럼 쏟아지는 수만의 화살 속에서 어떻게 살아남을 수 있을 것인가?

그녀는 지금 점점 더 확실한 죽음의 길을 나아가고 있는 중이었다.

그때였다.

앞쪽으로 나있던 통로가 순식간에 군사들로 메워지는 바람에 그녀와 잡조는 그 자리에 멈춰 설 수밖에 없었다.

발돋움을 해서 보니 앞쪽 십여 장쯤 되는 곳에 강산과 유정의 모습이 보였다. 그때,

"서활!"

하고 외쳐 부르는 소리가 있었는데, 바로 강산의 목소리였다. 서활이 강산의 위치를 확인하고,

[예! 조장님!]

하고 전음으로 대답하자 다시 강산이 큰 소리로 물어왔다.

"만약에 우리하고 여기 오만의 군사하고 싸운다면 어떻게 될까?"

서활의 어깨가 움찔하였다.

참으로 엉뚱하고도 난감한 물음이었다. 그러나 무슨 말이든지 대답을 하기는 해야겠기에 그가 막 전음을 보내려 할 때였다. 선변이 문득,

“잠깐만요!”

하고 제지하더니,

“그냥 말하세요. 모두가 다 들을 수 있도록 크게!”

하는 것이었다. 서활이 잠깐 의아해했으나 선변이 그러는 데는 필시 무슨 이유가 있음이 분명했다.

그러나 그 뜻을 정확히 모르니 임의로 꾸며서 대답을 할 수는 없는 일이었다.

내력을 끌어올려 서활이 크게 외쳤다.

“우리들 몇몇으로는, 아니, 우리에게 무공을 지닌 무사들 몇백이 더 있다고 하더라도 오만의 정예군을 상대하기란 불가능한 일입니다!”

강산은 잠시 침묵하였다. 그러나 곧,

“선변!”

하고 불렀다. 선변이 짐짓 힘차게 외쳐 대답했다.

“예! 조장님!”

“네 생각은 어때? 우리하고 여기 오만의 군사하고 싸우면 어떻게 될까?”

선변은 간단히 대답했다.

“아예 상대가 안 되는 싸움입니다.”

그러자 강산이 문득,

“하하하!”

하고 크게 소리 내어 웃고 나서 말했다.

"그럼 오늘 우리는 꼼짝없이 죽게 생겼구나. 내가 여기 동
창 제독 각하와 말씀을 나누어본 결과, 우리 잡조에 대한 살
의가 너무도 확고하시니 말이다."

그때 선변이 또한,

"호호호호!"

하고 짜랑하니 교소를 터뜨리고 나서 말했다.

"그러나 상대가 안 되는 싸움이라고 해서 꼼짝없이 죽으란
법은 또 없지요. 아니, 기왕에 죽을 수밖에 없다면 있는 대로
악다구니라도 부리고 죽어야 덜 억울하겠지요."

섬뜩한 독기마저 느껴지는 목소리였다.

강산이 다시 말했다.

"좋다! 선변! 하면 이제부터 우리가 어떻게 해야 할지에 대
해서 말해라!"

군사들로 가득 메워진 십여 장의 거리를 두고서 일련의 사
뭇 기괴한 대화가 이어지고 있었으나, 누구도 제지하거나 끼
어들지는 않고 있었다.

오히려 대화가 이어질수록 그 점입가경의 내용 때문인지
사방의 수많은 귀들이 일제히 그들의 대화로 기울어지고 있
는 것 같았다.

"아마도 제가 가장 먼저 죽겠지요. 저의 무공이야 형편없
으니 말입니다. 그러나 저는 한 명의 군사라도 더 죽이고 죽
을 것입니다. 그렇게 우리 모두는 수단과 방법을 다해 죽이고

또 죽이는 겁니다. 우리 중의 마지막 한 사람이 남을 때까지 말입니다."

선변의 목소리는 차분했다.

그러나 섬뜩했다.

이제는 강산에게가 아니라 사방의 모두에게 말하는 듯했다.

다시 이어지는 선변의 목소리에는 어딘지 모르게 기이한 열기가 떠도는 것만 같았다.

"사람의 일이란 모르는 것이니, 어쩌면 우리 중에서 기적적으로 이 절대사지(絶對死地)를 살아서 나가는 사람이 있을 수도 있겠지요. 아니, 그렇게 되기를 간절히 기원합니다. 우리 중에는 이 시대 최고의 무인인 신주십삼존을 쓰러뜨린 사람이 셋이나 있고, 더욱이 무황 염운백을 꺾음으로써 새로이 천하제일인의 반열에 오른 분도 있으니, 혹시 모를 일이지요."

마치 음률을 타듯이 묘하게 고조되었던 선변의 목소리가 문득 평정을 되찾았다. 그러나 여전히 또렷이 외쳐 말하는 목소리였다.

"한 사람이 살아남는다면, 그 한 사람은 새로운 잡조를 만드는 겁니다. 새로운 잡조동맹을 건설하는 겁니다. 그리고 오늘 이곳에서 죽음을 맞은 우리들의 원한을 갚는 겁니다. 열 배, 아니, 백 배로!"

그때였다.

"닥쳐라! 너희들이 지금 끝내 저항을 하겠다는 것이냐?"

구말의 호통이었다.

그러나 선변은 조금도 굴하지 않고 마주 고함을 쳤다.

"저항이 아니오! 죽음을 앞둔 처절한 몸부림일 뿐이오. 그리고 우리들 중 살아남는 사람이 있다면, 죽은 사람들의 원한을 기필코 갚고야 말겠다는 맹세일 뿐이오."

"이년! 네년이 끝까지 요망한 소리를 지껄이는구나!"

그때였다.

"요망한 소리가 아니오!"

한마디 차가운 외침에 구말은 흠칫 당황하고 말았다.

선변의 말이 다만 맹랑하게 들렸더라도 강산이 다시 말하자 그것은 한순간에 달리 들렸다. 일순 사방의 대기마저 부르르 전율하고 마는 듯했다.

"당신이 내 시야에 있는 한, 당신 주위에 아무리 많은 군사들이 지키고 있다고 하더라도 나는 지금 당장에라도 당신을 죽일 수 있소. 제독, 당신은 내 말을 믿지 못하겠소?"

강산의 말투는 확연히 달라져 있었다. 그는 더 이상 구말을 동창 제독으로서 존중해 주지 않고 있었다.

그럼에도 구말을 선뜻 분노하거나 호통을 치지는 못하였다.

그 순간 그는 강산의 신형이 문득 흐릿해진다는 느낌을 받았고, 동시에 한쪽 뺨에 무언가 오싹한 느낌을 받았다.

반사적으로 손을 대었다 떼어보니 손바닥에 엷은 핏기가 묻어났다.

'어헉!'

입술을 비집고 나가려는 소름 돋은 경악의 비명을 구말은 겨우 다시 집어삼켰다.

문득 뇌리 깊은 곳에서 치밀고 나오는 섬뜩한 기억, 그것은 바로 방금 전 뺨에 남은 오싹한 느낌의 실체이기도 했다.

예전 그의 목을 휘감았던 기이한 한 자루의 투명 연검, 바로 그것의 느낌이었다.

구말이 급히 앞을 바라보니 강산은 제자리에 그대로 서 있었다.

담담한 신색의 그에게서는 아무런 동요나 변화를 찾아볼 수 없이 태연하기만 하여 그 자리에서 조금도 움직인 적이 없는 사람인 것만 같았다.

참으로 귀신이 곡할 노릇이었다.

오죽하였으면 사방의 수많은 군사들은 물론이고, 바로 지척에서 인(人)의 장막으로 그를 철통같이 에워싸고 있는 군사들조차도 조금의 동요가 없겠는가?

참으로 소름 끼치는 노릇이 아닐 수 없었다.

구말은 새삼 부르르 몸을 떨고 말았다.

그는 절감하지 않을 수 없었다. 강산이 누구인가를. 지금에 와서 강산이라는 그 이름이 바로 이 시대 최강의 무인을 의미한다는 것을.

구말은 문득 한가닥의 공포심을 떠올렸다.

강산, 그에게는 그것이 무엇이든 그가 말한 대로를 실행할 능력이 있는 것이 아닐까 하는 공포심이었다.

구말이 겨우 내심의 두려움을 추스르며 애써 위엄을 되찾을 때, 조용히 지켜보고 있던 강산이 다시 말했다.

"물론 당신이 얼마나 강직한 성품인지는 예전에 이미 본 적이 있으니 당신의 죽음에 관계없이 우리를 죽이려는 뜻을 거두지 않으리라는 것도 짐작할 수 있소. 그러나 당신은 이런 생각을 해봤소? 우리들만으로 오만의 군사에 대적하는 것은 불가능할지라도, 그러나 내가 다만 이 자리를 빠져나가고자 한다면 오만이 아니라 오십만의 군사가 있어도 나를 잡지는 못할 것이란 사실에 대해서, 그리고 오늘 만약 잡조의 조원들 중 어느 한 사람이라도 불행을 당한다면 그것이 곧 나의 새로운 빚이 될 것이란 사실에 대해서 말이오."

구말은 입을 열지 못했다. 다만 노려보고만 있었다.

강산이 잠시 그 눈빛을 마주 보고 있다가 문득 다시 말했다.

"그리고 나의 새로운 빚에 대해서는 기껏 당신 정도로는 결코 그 책임을 다 지지 못할 것이오."

순간 구말은 부르르 떨리는 손가락으로 강산을 가리키며

억눌린 듯한 호통을 토해냈다.

"네놈이… 네놈이 지금 감히……!"

그러나 구말은 감히 그 뒷말까지를 토해내지는 못하였다. 일단 입 밖으로 내뱉는다면 그것은 너무도 엄청난 의미가 될 것이기에. 강산에게도, 유정에게도, 그리고 그 자신에게도.

강산은 다만 담담한 눈빛으로 구말을 주시하고 있었다.

6

"와아아!"

"와아아아!"

회야평원에 우렁찬 함성이 가득 울려 퍼졌다.

사방을 빽빽이 포위하고 있던 수만의 군사가 일제히 물러가고 있었다.

자신들의 단합된 의지로 그 거대한 위협에 끝까지 굴복하지 않았다는 데 대해 벅찬 감동과 희열로 토해내는 이천여 군웅의 뜨거운 함성이었다.

그런 중에 잡조는 조용히 군웅들 사이로 돌아왔다, 누구의 관심도 받지 않은 채.

무림대회의 폐막을 위한 별도의 형식과 의미 부여는 더 이상 필요하지 않았다. 무림맹과 무벌의 군웅들이 모두가 결국은 동도(同道)를 걷는 처지임을 공감한 것으로 충분했다.

이번 대회가 탄생시킨 새로운 천하제일을 굳이 공식화하여 공포할 필요도 없었다. 그렇게 하지 않아도 모두에게는 이미 충분히 분명해졌으니까.

다만 무광 진인은 무벌을 포함한 각파의 수뇌들을 불러 군사들이 회야평원을 포위했던 목적에 대해서 간단히 정리하였다. 그것이 다만 만약의 경우 있을지도 모를 군웅들 간의 대규모 분쟁을 사전에 방지하고, 질서있는 해산을 유도하기 위한 조치였다고. 그러니 다른 오해가 없기를, 또한 다른 오해가 전파되지 않기를 완곡히 당부했다.

八十八
회귀(回歸)

1

대회는 끝났다.

그럼으로써 잡조가 이때까지 지향해 왔던 공통의 목적 또한 더 이상 유효하지 않게 되었다.

물론 그들이 함께해 온 이유가 그러한 표면적인 목적이 다인 것은 아니었다.

그러나 그들은 각자의 자리와 입장으로 돌아가야만 했다.

그리고 동창 제독 구말과의 담판에서 언급되었던 약조들을 지키기 위해서라도 그들은 더 이상 잡조가 아니어야만 했다.

물론 그것이 잡조의 해체를 의미하는 것이라고 생각하는

사람은 없었다. 적어도 그들 스스로는 그랬다.

어떻게 보면 잡조란 존재는 원래부터 없는 것이었다. 그러니 해체할 것도 없는 것이다. 아니, 해체할 수 있는 것이 아니었다. 해체하자고 해서 해체가 되는 것이 아닌 것이다.

그냥 잠시 헤어져 있는 것일 뿐이다, 각자가 해야만 하는 일들을 하기 위해.

헤어져 있더라도, 각자의 일을 하더라도, 그로 인해 서로 다른 입장이 된다고 할지라도, 그렇더라도 그들은 여전히 잡조일 것이다.

2

서활은 구말을 따라 동창으로 돌아갔다. 그간의 우여곡절에도 불구하고, 충성심을 의심받았으며 그로 인해 사석(死石)으로 쓰인바 있음에도 불구하고.

제독이야말로 천애고아인 자신에게 아비이자 동시에 어미와도 같은 사람이며, 동창이야말로 자신의 집이라며, 서활은 굳이 동창으로 복귀하기를 바랐고, 또한 받아주기를 구말에게 간청했다.

강산은 구말과 사뭇 엉성하며 유치하기까지 한 수작(?)을 나눈 다음에야 서활을 보내주었다.

"각하! 서활은 각하의 수하이지만, 동시에 소생의 조원이기도 합니다."

"그래서… 내게 하고자 하는 말이 무엇인가?"

"이번 일에 대해 각하와 소생이 서로 빚을 지지 않고도 잘 해결하였듯이 앞으로도 빚을 지지 않았으면 하는 바람을 말씀드리는 것일 뿐입니다."

"허허허! 지금 내게 서활을 함부로 건드리지 말라고 겁을 주는 건가?"

"소생같이 하찮은 자가 어찌 천하의 동창 제독 각하께 그런 망발을 부릴 수야 있겠습니까?"

"자네는 자네의 일이나 신경 쓰게! 서활이 제 발로 내게 돌아온 이상, 그리고 내가 그를 다시 받아들이기로 한 이상 그는 이미 내 사람일세!"

"하하하! 어련하시겠습니까? 그저 하늘 높은 줄 모르는 자의 어쭙잖은 소리로 여기시고 너그러이 용서해 주십시오!"

3

노달은 이강에게 함께 마교로 돌아가 자신에 이어 마교를 맡아달라고 말했다.

그러나 이강은 몹시 어려워한 끝에 결국 정중하게 고사했다.

"무당으로 돌아가려느냐?"

하는 노달의 물음에 대해서도 이강은 가만히 고개를 저었다.

"아닙니다. 저는 이제 어디에도 소속됨없이 그저 자유롭고 싶습니다."

노달은 길게 탄식하였다.

이강의 마음속에 이미 어떤 야망도 없음을 새삼 확인하였기 때문이다. 그것으로써 자신과의 인연 또한 이대로 끊어지고 말지 모른다는 안타까움과 허탈감 때문이었다.

그때 두 사람의 사이에 끼어든 것은 선변이었다.

"이강이 굳이 싫다면 나중 언젠가 이강이 자식을 낳았을 때, 그중 큰아들로 하여금 할아버님의 뒤를 잇도록 하면 되지 않을까요?"

참으로 깜찍한 제안이었다.

하나 그 말이 의미하는 그 이면(裏面)까지를 들여다보면 참으로 당돌하고도 앙큼하기 짝이 없는 제안이기도 했다.

노달로서는 선변의 속내를 제법 깊숙이 들여다볼 수 있었으나 자신으로서는 더 이상 이강과의 인연을 붙잡고 있기가 버거움을 절감하지 않을 수 없었기에 선변의 그러한 속내가 차라리 반가울 수밖에 없었다.

노달은 너털웃음으로 반겼다.

"허허허! 좋다! 노부로서는 불감청(不敢請)이나 고소원(固所願)일 따름이다. 그러나 노부는 결코 장수(長壽)의 복을 타고

난 사람이 아니니 너무 오래 기다리게 해서는 안 될 것이다!"

이강으로서는 참으로 난감하고도 면구스럽기만 한 상황이었으나 당장의 일이 아니라 실감이 나지 않을 뿐만 아니라, 노달까지 덩달아서 맞장구를 치고 나서는 형편이라 그만 어정쩡하게 고개를 끄덕이고 말았다.

선변의 입가로 회심의 미소가 떠올랐음은 물론이다.

노달은 마교로 돌아갔고, 선변은 황도로 돌아갔다.

그리고 이강은 목적지를 정하지 않고 떠났다.

4

윤파는 무광 진인에게 한 가지 정중한 제의를 받았다.

"윤 장문인! 귀 해남파에 대해 무림맹의 입맹(入盟)을 권유해 보자는 의견이 구파일방 장문인들 모두의 뜻으로 모아졌소! 윤 장문인의 뜻은 어떠하시오?"

순간 윤파의 내심으로는 만 가지의 감회가 솟구쳤다.

무광 진인의 그 정중한 제의에는 여러 가지의 뜻이 담겨 있었다.

십여 년 전 멸문한 해남파가 재건하였음을 공식적으로 인정하고, 나아가 그동안 변방으로만 취급받던 해남파를 구파일방의 반열로 인정하겠다는 의미로도 해석할 수 있을 것이었다.

　물론 그것은 아직 제대로 예전의 모습을 회복하지 못하고 있는 해남파에 대한 것이라기보다는 윤파의 개인적인 능력과 앞으로의 가능성을 높이 산 결과일 테지만.

　"참으로 감사한 말씀이시나 아직까지는 분에 넘치는 말씀이십니다. 저희 해남파는 현재 재건에 총력을 기울이고 있는 중이라 지금 귀 맹(貴盟)에 입맹을 한다고 해도 기여할 바가 조금도 없으니 오히려 폐가 될 것이 분명한데 어찌 그런 영광을 취할 수 있겠습니까?"

　정중히 거절하는 윤파의 모습을 보고서 조금 떨어져 있던 강산은 문득 피식 실소를 떠올리고 말았다.

　무광 진인에게 예를 취하고 돌아서던 중에 윤파가 마침 그것을 보았던 모양이었다. 걸음을 빨리하여 다가오더니 대뜸,

　"그 야릇한 미소의 의미는 뭡니까?"

　하고 짐짓 눈알 부라리며 따지는 것이었다. 강산이,

　"허! 의미는 무슨 의미?"

　하고 딴청을 피우다가는,

　"쯧!"

　하고 가볍게 혀를 차며 시큰둥하게 내뱉었다.

　"사람이 좀 달라졌다 싶더니, 금방 본색을 보이네?"

　"뭐요?"

　윤파의 목소리가 대번에 거칠어졌기에 강산이 더 이상 성질을 건드리지 않겠다는 듯이 슬그머니 숙여드는 체를 했다.

한쪽에 서 있던 유정은 자신에게 장난스레 한쪽 눈을 찡긋해 보이는 강산에 대해 가만한 미소로 맞아주었다. 눈부시게 화사한 미소였다.

"준비가 되는 대로 우리는 항주 본단으로 갈 텐데, 윤 공자도 우리와 함께 출발하세요. 해남도로 가자면 어차피 항주에서 배를 타는 게 가장 빠르지 않겠어요?"

곱게 웃으며 하는 유정의 권유에 윤파가 짐짓 속 좁은 체하며,

"두 분 사이에 끼어 눈총받을 일 없습니다. 저는 저대로 알아서 갈 터이니, 두 분이나 알콩달콩 재미나게 가십시오."

하고 불퉁하니 쏘아붙였다.

그리고는 제대로 된 작별 인사도 없이 어느 순간엔지 윤파는 훌쩍 떠나 버리고 말았다.

5

길고도 험했던 여정이었다.

그러나 그 여정이 마침내 끝난 지금, 강산에게 특별한 감회 같은 것은 없었다.

오히려 허탈했다. 그리고 막막했다.

함께했던 사람들은 모두 떠났다. 그들에게는 돌아갈 곳이 있었기에, 그렇지 않더라도 할 일이 있었기에.

그러나 그는?

'어디로 돌아갈 것인가?'

물론 당연하게도 사해상단이었다. 그가 돌아갈 곳은 오직 그곳밖에 없었으니까.

철이 든 이후 인생의 대부분을 보낸 곳. 지난 일 년여간 가슴 한구석으로 내내 소원했던 평범한 일상은 바로 그곳의 일상이었다.

그곳을 떠나서는 그의 일상은 존재할 수가 없었다. 그가 기억하는 것들의 대부분은 그곳에서 만들어졌으니까.

무엇보다도 그곳은 또한 유정이 돌아갈 곳이었다. 또한 그녀가 앞으로도 살아갈 집이었다. 그 이유만으로도 강산에게는 더욱 거부할 수 없는 이유가 되는 것이었다.

그런데도 여전히 남는 막막함은 무엇일까?

'돌아갈 수 있을까, 원래의 나로?'

막막하다 못해 두렵기까지 한 공허는 무엇일까?

강산은 쉬고 싶었다, 아무 생각 없이. 우선은.

지친 그의 영혼에게 휴식을 주고 싶었다, 편안하지는 않더라도 고요히 침잠해 있을 수 있는 깊디깊은 휴식을.

八十九
구관통(九貫通)

1

항주(杭州).

사해상단(四海商團) 항주 본단(杭州本團).

이십 년차, 아니, 이제는 이십일 년차 경력임에도 보통 십 년이면 다들 올라가는 행두(行頭)로도 진급하지 못하고 여전히 최말단 행원(行員) 급에 머물러 있는 똥차.

그리고 내사부(內事部)의 잡다한 장부들을 정리하는 서기(書記).

강산은 마침내 그 자리로 돌아왔다, 원래 그의 자리로.

2

그러나 굳이 고집하여 그 자리와 그 일로 돌아왔으나 그는 여전히 원래의 자리로 돌아오지 못했다.

그의 한 해 입사 선배이자 직속 상사이기도 한 조(曺) 행장(行長)은 예전처럼 편하게 그를 대하지 못했다.

훈계도, 질책도 마음대로 하지 못했고, 강산이 맡고 있는, 아무리 열심을 떨어도 생색은 나지 않고, 해도 해도 도무지 끝이 보이지 않는 지겹기 짝이 없는 가장 단순한 종류의 일에 대해 가끔씩 적당히 추켜주는 상사로서의 관록은 더욱이 부려낼 엄두를 내지 못했다.

"자네가 맡고 있는 일이야말로 상단의 가장 근간이 되는 업무로써, 누군가는 반드시 해야만 하는 정말정말 중요한 일이야! 그러니 열심히 하게!"

하는 그 말을 강산이 그토록이나 듣고 싶어함에도.
강산이 듣기를 원하는 말들은 또 많았다.

"선배님!"

행두(行頭) 직급을 달고 있는 후배 놈들이 그래도 대우해준답시고 그를 부르는 소리. 그게 무슨 대단한 예우라도 되는 양 새카만 신입들까지도 꼬박꼬박 외쳐 부르던 그 소리.

"고문님!"

내사부(內事部) 타구(打毬) 놀이패의 고문을 맡고 있던 것을 빌미로 궂은일을 해야 할 때만 곰살 맞게 굴며 강산을 앞세우며 불러주던 소리. 그러나 막상 일이 끝나고 나면 고문(顧問) 아닌 고문관(拷問官)으로 은근히 조롱하던 소리. 그럴 때마다 속에서 확확 치밀곤 하던 노화.

"이 새끼들이 참자 참자 하고 있으니까 사람을 아주 호구 X으로 보나?"

그 분기(忿氣)까지도 다시 한 번 느껴보고 싶었다.
나이 어린 상사들과 매일매일을 부대껴야 하는 만년 말단의 고충조차도, 겪어보지 않은 사람은 결코 상상할 수 없는 그 절절한 비애조차도 다시 한 번 겪어보고 싶었다.
그러나 아무도 그를 원래의 그로 인정해 주지 않았다.
아니, 그들로서도 인정할 수가 없는 것이리라.
그는 더 이상 평범하거나 혹은 평범 그 이하여서 적당히 조롱하고, 이용하고, 편하게 대해도 되는 상대라고는 도무지 인정이 되지 않을 테니까.

그런 것일까?

그것이 자의(自意)든 타의(他意)든 혹은 신의(神意)이든, 정말로 일어나리라고는 도무지 믿기 힘든, 그리고 견디기 힘든 어떤 일이 바로 나에게 일어났다면, 그럼에도 불구하고 계속 살아가기로 마음을 먹었다면, 그 시점 이전의 내가 아무리 평범했더라도 바로 그 시점부터는 결코 다시는 평범하지 못하게 되어버리는 것일까?

3

유정은 잠시의 틈조차 내기 어려울 만큼 몹시도 바빴다.

총수 후계자로서의 본격적이고도 실무적인 임무가 주어지기 시작한 때문이었다.

총수는 그녀에게서 총수 대행의 지위를 거두지 않았다. 그러면서 웬만한 상단의 일은 직접 처리하도록 했다.

물론 상단의 실무에 대해서는 모르는 것투성이인 그녀였으니, 비서조장 도순학 등이 덩달아서 눈코 뜰 새 없이 바빠진 것은 당연했다.

그러나 유정은 빠르게 익숙해지고, 또한 확연하게 변모해 가고 있었다, 천하제일상단 사해상단의 새로운 주인으로서.

그런 중에도 유정은 틈틈이 강산을 위해 여러 가지로 신경을 쓰는 눈치였다.

갈수록 말이 없어지고 무기력해하는 강산에 대해 원하는 곳으로의 재배치를 제안하기도 했고, 승급을 제안하기도 했다.

그러나 강산은 그녀의 성의들을 고사했다.

어느 부서로 가든, 행두 직급을 달든, 행장 직급을 달든 주위의 모든 사람들이 그를 의식하고 부담스러워하기는 마찬가지일 것임을 아는 까닭이었다.

사람들 속에서, 너무도 익숙하며 일 년여 떨어져 있는 동안 그토록 그리워했던 사람들 속에서 그는 외로웠다.

그는 혼자였다.

4

모든 것이 마음과 같지 않았고 마음대로 되지 않았지만, 오히려 마음은 억지로라도 다잡아볼 수 있었다.

물론 그런 다잡음이 언제까지 가능할지는 강산 스스로도 확신할 수 없었다.

강산에게 그가 다시 예전으로 되돌아갈 수 없음을 극명하게 일깨워 주는 것은 마음보다 몸이었다.

그의 몸에서는 구관통의 공능이 저절로 일어나고 있는 중이었다.

강산이야 경험이 없으니 비교가 될 리 없었지만, 그것은 일종의 내공 수련 과정과 비슷했다.

다만 전신 삼백여 곳의 관문 각각에서 독립적인 내공의 수련이 동시에 일어나고 있다는 점은 가히 내가(內家) 무공의 신기원이라 할 만했다. 그의 내부로는 자연 대기 속에 분포된 기들이 조금씩이나마 끊임없이 흡수되고 있었다.

그러한 것은 결코 강산의 의지가 아니었다. 욕심은 더욱이 아니었다.

그런 중에 그의 내부 관문들은 다시 몇 개인가가 추가로 관통되었다. 그렇게 해서 관통된 관문의 수가 이제 삼백열몇 개쯤인지, 아니면 삼백스무 개를 넘겼는지에 대해서 강산은 굳이 헤아려 보지도 않았다.

아니, 사실은 자신이 이미 구관통(九貫通)에 이르렀다는 것을 그는 알고 있었다, 정확히는 삼백스물네 개의 관문이 관통을 이루어 마침내 구관통을 완성하였음을.

그 순간의, 구관통이 이루어지던 순간의 희열은 당연히 있었다. 그의 능력이 또 한 단계 확연히 성장했음도 확연히 느낄 수 있었다.

그러나 그러한 희열과 성장에 대한 뿌듯함보다는 차라리 허탈과 허무가 더욱 컸다.

관통에 대한 그의 개념은 이제 몇 관통이라든지 혹은 관통된 관문이 몇 개라든지 하는 숫자에 근거하기보다는 완전한 완성에 대한, 즉 궁극에 대한 것으로 완연히 바뀌어 있었다.

단순한 계산대로라면 그는 이제 마지막 남은 서른여섯 개
의 관문만 더 관통시킨다면 그야말로 궁극지경인 십관통(十
貫通)의 경지에 이르게 될 것이다.

그리고 지금 그의 내부에서는 지금 이 순간에도 그의 의지
와는 상관없이 끊임없는 진화가 이루어지고 있는 중이었으
니, 그가 굳이 욕심을 부리지 않더라도 그런 날은 곧 오리라
는 기대를 해볼 수도 있는 일이었다.

그러나 그는 또한 알았다. 그것이 사실상 불가능하다는 것
을. 지금부터의 한 걸음 한 걸음이야말로 사실은 가능의 한계
에 가까워지는 것이며, 이윽고는 불가능을 확인하지 않을 수
없는 단계에 도달하고 말 것이란 사실을.

"삼백육십 개의 관문이 모두 다 통(通)한다면, 그런 일이 정말
로 현실로 된다면, 그때는 인간 중의 신(神)과 같은 존재가 되지나
않을까?"

라고 했던 그때 그 노인. 그의 몸에 삼백육십관을 각인시켜
주었던 노인의 그 말이 삼백육십관의 궁극십관통(窮極十貫通)
에 도달하는 것이 결코 가능하지 않다는 것을 역설적으로 일
깨워 주는 말이었음을 다시 한 번 절감하지 않을 수 없는 것
이다.

하긴 그때의 그 노인이 지금의 강산을 본다면 강산이 도달

해 있는 구관통 자체를 두고도 도무지 불가능한 일이 벌어졌
다고 기함(氣陷)하고 말지도 모를 일이었지만.

그러나 강산에게 어떤 미련이나 아쉬움이 있는 것은 역시
아니었다.

그런 특별한 것에 대해 그는 더 이상 바라지 않았다.

아니, 오히려 그런 특별함보다 삼백육십관을 알기 그 이전
의 평범함으로 회귀하기를 절실히 원하는 것이었다.

매 단계의 관통을 이뤄오면서 그때마다 형언할 수 없는 성
취감과 희열을 느끼기는 했지만 그렇다고 무공이나 능력에
대해 욕심을 부리지는 않았었다.

다만 상단의 말단 서기로 피동적인 삶만 살아왔던 그가 그
의 의지나 잘못과는 아무 상관도 없이 지옥과 같은 고통을 받
고 헤어나기 힘든 좌절과 절망에 빠져 있을 때, 운명처럼 다
가 온 삼백육십관의 기연이 처음으로 스스로의 주도로 무엇
인가를 이루어간다는 성취감, 그리고 도저히 불가능할 것 같
았던 복수의 유일한 희망과 가능성이 되어주었기에 오로지
그 이유로 그는 매번의 관통 때마다 그토록이나 희열에 전율
했던 것이다.

무림에서는 그를 새로운 천하제일인이라 하고 새로운 절
대자라 했다. 그러나 그는 아직까지 스스로를 무인이라, 혹은
무림인이라 생각해 본 적이 단 한 번도 없었다.

더욱이 이제 그 지독하고도 끈질겼던 악연의 굴레에서 벗

어나 그가 있던 본래의 자리로의 회귀를 꿈꾸고 있는 그에게
무공과 능력이 더 강해진들, 오히려 걸림돌이 되는 외에 무슨
의미가 더 있을 것인가?

5

강산은 차라리 상단을 벗어날 생각을 해보고 있는 중이었
다.
무변광대(無邊廣大)라고 하던가?
천하는 넓고 커서 그 끝이 없을 정도라는데, 그가 있을 곳
이 어찌 이곳뿐이랴 하는 생각이었다.
이 넓은 세상에 그가 있을, 그가 있어도 좋을 곳이 어딘가
에 한 군데쯤은 또 있을 수도 있지 않겠는가?
사해상단, 그리고 그녀!
결코 떠날 수 없다고 생각했는데, 돌아오리라 전제를 해놓
고 보니 문득 그것은 결코 떠날 수 없는 것만은 아니라는 생
각으로 되었다.
그리고 불쑥 떠오르는 얼굴 하나.
결코 간단치 않았을 인연들을 한순간 훌훌 벗어던지고 홀
로 떠난 얼굴. 지금쯤 천하 어딘가를 정처없이 떠돌고 있을
스물한 살의 자유로운 청년.
물론 그도 그 인연들을 아주 끊어버리지는 못했으리라. 그

에게도 또한 돌아오리라는 전제가 있었으리라.

그러나 새파랗게 젊은 그가 이미 취한 그 자유로움을, 십 년 넘게나 세상을 더 산 강산 자신은 왜 이제야 생각해 보고 있는 것일까?

이강!

강산은 문득 그가 그리워졌다.

"지금쯤 어디에 있을까? 불쑥 찾아간다고 설마 귀찮다고 구박하지는 않겠지?"

「잡조행」 6권 끝

저작권 보호!!
장르문학의 성장에 힘이 되어주십시오.

저작물의 무단 전재와 복제, 불법 다운로드!
이것은 관심이 아니라 무관심입니다!

작가님들은 창의적 열정과 시간을 투자해 자신의 꿈과 생계를 유지합니다.
한 권의 책을 만들어 많은 사람들은 자신의 인생과 미래를 설계합니다.

저작물 속에는 여러 사람의 노력과 희망이
담겨 있습니다!

저작물의 무단 전재와 복제, 불법 다운로드는 여러 사람들의 꿈과 생계를
위협함으로써 장르문학을 심각한 상황에 빠뜨리고 있습니다.

이제는 무관심이 아니라 관심으로 장르문학의
성장에 힘이 되어주세요.

[도서출판 **청어람**은 항시적인 저작권 보호를 통해 장르문학과
여러분의 희망을 지키겠습니다.]

도서출판 **청어람**

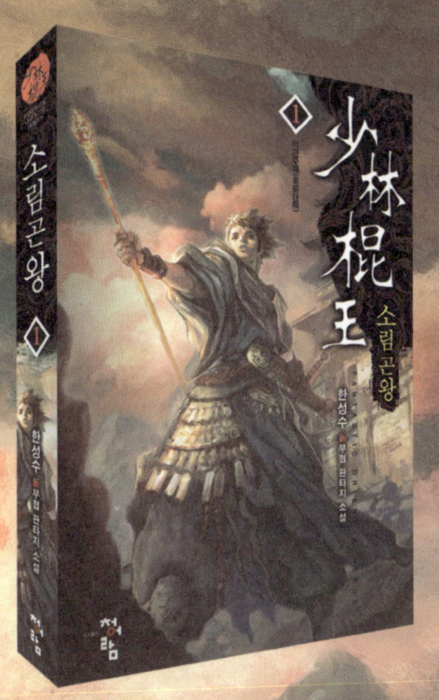

少林棍王
소림 곤왕

한성수 新무협 판타지 소설

감동의 행진을 멈추지 않는 작가 한성수!

구대문파 시리즈의 두 번째 이야기 『소림곤왕』!!
그 화려한 무림행이 펼쳐진다

"너는 지금부터 날 사부님이라 불러야만 하느니라.
소림사의 파문제자인 나, 보종의 제자가 되어서 앞으로 군소리없이 수발을 들고 모진
고통을 이겨내며 무공 수련을 해야만 한다."

잡극계의 천금공자 엽자건!
소림의 파문제자 보종의 제자가 되다!!

역사와 가상.
실존의 천하제일인과 가상의 천하제일인에 도전하는 주인공!
이제부터 들어갑니다. 부디 마음껏 즐겨주시기 바랍니다.
– 작가 서문 中에서.

覇月君
패군

설봉 新무협 판타지 소설

무협계를 경동시킨 작가, 설봉!
그가 다시금 전설을 만들어간다!!

수명판(受命板)에 놓고 간 목숨을 거둔 기록 이백사십칠 회!
생사를 넘나드는 전장에서 매번 살아 돌아오는 자, 계야부.
무총(武總)과 안선(眼線)의 세력 싸움에 끼어들다!

"죽일 생각이었으면 벌써 죽였다. 얌전히 가자."
"얌전히. 그 말…… 나를 아는 놈들은 그런 말 안 써."
무총은 그를 공격하지 않는다. 공격할 이유가 없다.
다른 사람들은 그의 존재조차도 알지 못한다.
오직 한 군데, 안선만이 그를 안다.
필요하면 부르고, 필요치 않으면 버리는
철면피 집단이 다시 자신을 찾아왔다.

나, 계야부! 이제 어느 누구에게도 휘둘리지 않겠다!!